いたこ28号

伊計翼

ありがとう・あみ

深津さくら

Sakura Fukatsu

京都造形芸術大学芸術学部卒。大学時代は美術と実話怪談を研究。2018年より怪談師として活動を開始。現在は関西を中心にイベント・メディア出演を行っている。共著として『京都怪談 神隠し』(2019年8月)で作家デビュー。

中古物件

怪談取材をしていると「見える」人に出会うことがある。

これまでさぞかし沢山《たくさん》の怪異に遭っていることだろう。興奮を隠しながら、怖かった体験を教えてくださいとお願いするが、当人は「恐ろしくてとても語れない」と言う。

「当時の恐怖が蘇るからですか」と尋ねると、Mさんは首を振った。

「変なものが見えたりした時にリアクションをとると、それの存在を認めることになるんです。関わっちゃいけないものと関係を結ぶことになる。そうすると寄ってくるんですよね」


兵庫県の高校に通うMさんは、物心ついた頃から他人には見えないものが見えた。

周囲には珍しがられたが「そんなに変わったことでもない」とMさんは言う。

というのも、彼女の母方の血筋の女性は見えるそうだ。祖母より上の代の鬼籍に入った女性たちも、Mさんが話に聞く限りでは、例外なくそういった体質を持っていたという。

彼女の家では、母親や年子の妹と「あの電柱の影になんかおるな」「おるな。あんまり見てると気付かれるで」などと会話するのは普通なのだという。

数年前、Mさんが高校に入学した年のことである。

Mさん姉妹の成長に伴い、それまで暮らしていた賃貸マンションが手狭になったため中古の戸建て住宅に移り住む計画が立った。

家族全員で物件探しをして、いくつかの新居候補が見つかった。

その内の一軒は、閑静な住宅街に建つ二階建ての木造住宅で、築年数はそこそこ古いが広い庭もあり、駅からの利便性も申し分のない物件だった。不動産屋のホームページには「簡単なリフォームで新築同様の快適さ」とあった。

日曜日、母親とMさん、妹の三人は、内覧のために駅前にある不動産仲介業者を訪れた。この日は件の戸建てに加えて二軒の物件を内覧する予定で、スタッフからそれぞれの物件についての簡単な説明を受けた。

三人は不動産屋の車に乗り込んだ。

後部座席ではしゃぐ姉妹を助手席の母親が窘《たしな》める。車は大通りを曲がり、細い路地をくねくねと入っていった。

「見えてきましたね」

家の隣の空き地に車を停めたスタッフは、敷地をぐるりと囲む塀の門を解錠して三人へ中へ入るよう促した。

「今日は管理者不在なんですけども、自由に見てもらって大丈夫と言われてますんで、どうぞおあがりください」

広い玄関で靴を脱ぎながら妹が上機嫌に言った。

「私、まずキッチンとお風呂が見たい！」

Mさんはその意見に異を唱えた。

「いや、まず二階見にいこうや。私たちの部屋になるところ気になるやん」

「もうもう！　ええやん、みんな好きに見ようや」

母親の言葉で、三人とも自由に家を見て回ることが決まった。母親は不動産屋の説明を聞きながらの形で、妹は一階の水回り、Mさんは二階を見にいくことにした。

家の中は電気が通っていないため所々薄暗かったが、管理者の掃除が入っているのか清潔な印象だった。暗い廊下を壁を伝いながら歩いて行くと、突き当たりに二階への階段があった。

踊り場のない急な階段だった。一段一段の幅が狭く暗いため、手すりに掴まりながら慎重に上がっていった。

二階に出ると短い廊下になっていた。廊下の左右に向かい合うように襖《ふすま》があり、突き当たりに飾り硝子《がらす》の窓があった。歩き出すと、一階では感じなかった埃のにおいが鼻をついた。

向かって右側の襖が半分ほど開いていた。そこから和室の六畳間が覗いて見えた。

和室の真ん中に着物姿のお婆さんが正座していた。

Mさんはとっさに息を潜めた。

お婆さんはこちらに痩せた背中を向け、畳に付かんばかりに首を垂れていた。乱れ伸びた髪が柳の枝のように落ちている。

Mさんにはそこにいる人がなんなのかすぐに判断が付かなかった。今日は物件の管理者はいないと言っていたし、ましてや前の住人であるはずもない。前の住人がこの家を退去してから一年弱が経過しているというのも、さっき不動産屋で聞いたばかりだ。ならば、襖の奥に見えるのは、これまで自分が出会ったことがないほど、生きている人と見分けのつかない亡者ということになる。すでに亡くなった人にはなるべく関わるな、存在を気付かれるなと、Mさんは幼い頃から母親に度々言われていた。

お婆さんはゆっくりと上半身を起こし、なにかに謝るようにまた深々と腰を折った。そしてまたすぐに頭を上げては下げる。同じ動きを何遍も、何遍も繰り返す。目を奪われるように見ていると、徐々に勢いが増していく。髪が畳に擦り付けられてじゃらりと鳴る。生身の人間ができるはずのない、おぞましい動きだった。

Mさんは、少しの音も立てないように後ずさりを始めた。

この家にはなんというものが棲んでいるのだ。これ以上見つめ続けてはいけない。

その間も、襖の隙間から覗くお婆さんは猛烈な勢いで揺れ続けている。

震える手足で廊下を戻り、階段のところで振り返って眼下を見下ろした。

一階に妹が立って、こちらを見上げていた。

「姉ちゃん、そっちどう?」

Mさんは焦りを覚えた。自分が二階にいることがお婆さんにバレてしまう。声を出したくなかったので、両手の人差し指を交差させてバツ印を作って妹に見せた。

妹が目を見開いて頷くのが見えた。

「わかった。早く戻ってきて」

Mさんは、手すりに手を這わせながら慎重に下りた。

下りきると、妹が手を取ってきた。

「姉ちゃん、この家もう出ようか」

玄関を出て、不動産屋の車を停めている空き地まで出たあと、少しのあいだ母と不動産屋が戻ってくるのを待った。家の二階を見上げればお婆さんの姿を目に捉えてしまいそうで、目を伏せた。

車に乗り込み家から十分な距離が取れた頃、ほっとしたMさんは妹に小声で言った。

「あの家、おかしいで」

妹の言葉は意外なものだった。

「うん、二階にお婆さんおったな」

「なんでお婆さんがおるってわかったん？」

「お姉ちゃん、気づいてなかったんか」

車が長い赤信号にかかった。妹は少し迷ったように言葉を濁したが、話を続けた。

「私が下から二階の様子を聞いた時、お姉ちゃん、指でバツを作ったやろ。次の瞬間、その後ろに這いつくばったお婆さんが出てきてん。お姉ちゃんが階段を降りてる間、背中を追いかけてきてたんやで」

Mさんは言いようのない寒気を感じながら呟いた。

「私が階段を降りるのがもうちょっと遅かったら、車の中までついてきとったやろうな」

結局、Mさん家族は別の物件に引っ越しをした。後日、ふと気になって揺れるおばあさんがいた物件を不動産のホームページで調べてみると、既に誰かが購入したようだった。

きっと何も見えない人が住んでいるのだろう。

それはMさんにとって羨ましくもあり、恐ろしくもあった。

あのお婆さんは、まだあの二階で揺れているのだろうか。

犬

関西の不動産関連会社に勤めるHさんの話である。


社外秘のＰＤＦファイルを開き、物件情報を確認していた時だった。

「夜逃げだよ」

「犬のブリーダーやってたけどローンが払えなくなったんやて。室内はまだ物が結構残ってるわ」

直属の上司はそう言うと、競売で落としたその物件を見にいこう、と続けた。

夜逃げで宙に浮いた物件がすべて競売にまわってくるわけではない。住宅ローン保証会社などの債権者が、ローンの支払いが滞った債務者に一括返済を求めた後、裁判所に申請することで競売にかけられるケースが多いのだ。

こういった物件はいわゆる〝普通〟の不動産屋では取り扱わない。なぜなら、落札するまでは家を内覧したり、新たなローンを組むことができないからだ。

「俺たちみたいなのがいないと、うまく回らないんや」

Hさんの部署は、裁判所から公示された差し押さえや入札の情報を元に、物件周辺の調査を行い、落札するかどうかを判断する仕事をしている。昔はそれこそ物々しい格好で出向く人が多かったので揉め事も少なくなかったらしいが、最近はこざっぱりとしたスーツ姿で向かっているので、トラブルはほぼ無くなっているという。

その物件は大阪市内にあった。ビジネス街にも近い下町で、二百坪はある大きな土地だった。上層部はここに高層マンションを建てる予定にしているらしい。

秋の夕方とはいえ、強烈な日差しに熱せられたアスファルトからはジリジリとした熱気が上がっていた。

敷地内には二階建ての家屋と広い庭があった。今は草も伸び放題で荒れているが、かつてはここで犬たちが走り回っていたのだろう。

玄関を開けると、湿気を帯びたひどい臭いが鼻をついた。ずっと管理者がいなかったため、カビと湿気、そして、犬のにおいが篭ったまま熟してしまっていた。

取り壊す予定の家屋なので靴のまま玄関に上がり、日の届かない室内を懐中電灯で照らしながら、各部屋の窓を開けて回る。

どの部屋も、漏れなく家財道具と夥しい犬の毛が散乱していた。掃除の行き届いていない餌のトレイの脇に、汚れたケージが山のように積み重なっていた。別の部屋に積まれたは大きなダンボール箱には、乱雑な字で「犬」と書かれていた。

夜逃げする手前は犬の管理もずさんだったことが容易に窺えた。

Hさんは段々と気分が悪くなってきた。上司は淡々と部屋を見て回りながら「解体業者に連絡して、基礎が何月ごろ……」と呟いていた。

後日、基礎の検査を委託していた業者から連絡があり、Hさんは一人で物件へ向かった。

家屋は跡形もなく取り壊されていたが、濃い犬のにおいがあたり一帯に残っていた。

庭にはショベルカーで掘り返された土が小山を形成していた。見ると、その土の中から枯れた木のようなものが無数に飛び出していた。

「どこを掘っても、犬の骨が出てくるんです」

業者は白い顔をして言った。

土の中には、立派な骨から、折れそうな細い骨まで、途方も無い量の犬が埋められているようだった。若干褪せてはいるが鮮やかな色をした首輪もところどころに覗いている。

Hさんは慌てて上司に電話をかけ、状況の報告とともに供養の相談をしてみたが、そんな予算は付いていない、との一言で埋め戻すことになった。

そうして一切の供養が行われないままマンションの建設は進んだ。やがて、都会的で美しい広告とともに物件の販売が開始されると、あっという間に完売となった。事業は大成功だった。

ただ、この物件に関わったことをきっかけに、Hさんはおかしな現象に見舞われることになってしまった。

「犬に吠えられるんです。私だけではありません。今のところ、工事に関わった者全員です」

街で見かける散歩中の犬が、牙を剥いてうなってくるのだという。

まるで敵に出会ったかのように、涎《よだれ》を垂らし、目を剥いて喉を枯らさんばかりの勢いで吠えかかる。

飼い主たちは犬の豹変ぶりに驚きHさんに謝罪するが、犬はいくら飼い主がなだめてもHさんが近くにいるあいだは気が触れたように吠え続けるのだそうだ。

「僕は、あまりにも業が深い場所に関わってしまったのかもしれません。もともと犬が好きだっただけに残念です。どうしたらいいのか……」

Hさんはそう言って、悲しそうにため息をついた。

山の鈴

関西の定時制高校に通うAさんの体験である。

Aさんは高校二年生で、いわゆる暴走族ではないが、深夜に仲間と原付バイクを走らせるのが好きだった。

五月のある夜、Aさんのもとに中学時代の後輩から「今から走りにいきませんか」と連絡があった。その日は朝からバイトをしていて少々疲れていたものの、後輩からの誘いを無下に断りたくなかったので、無理を押して行くことにした。

初夏とはいえ夜になると少し肌寒かった。原付に乗り込んで出発したのは日付が変わるころだった。

集合場所には、連絡をくれた後輩のほかに、彼の友人が二人、そして、まだ中学生だというBがいた。Aさんにとっては初対面の人間が多かったものの、全員同じ中学校出身ということで雑談を交わしているうちに打ち解けることができた。

「天気ええなぁ。今日は空気澄んでるから景色が綺麗やで」

誰かがそう言ったので、六甲山へ夜景を見にいくことになった。

夜の六甲山は爽やかな風が吹いていて、走ると気持ちがよかった。道中、若いカップルを冷やかしたり、ふざけて笑いあったりしながら、一時間ほどで夜景の見える展望台に到着した。

道路から展望台までは砂利道が続く。少し離れたところに原付を停め、Bがスマホで照らすライトを頼りに展望台まで歩いていった。

時刻は午前二時を少し過ぎたところだった。あたりはお互いの顔もわからないほど暗く、眼下には神戸の夜景が輝いていた。

しばらくあてどない話をしていると、誰からともなく夜景に向かって石の遠投を始めた。足元に転がる小石の中から手なじみのいいものを選んで、どれだけ遠くに投げられるかを競う。

熱中して段々とムキになる後輩たちに対して、早々に遠投に飽きたAさんが少し離れたところに腰かけている時だった。

背後でチリチリと軽い音がした。音の方向に目を移すと、Ｂが御守りに付いているような小さな鈴を鳴らしていた。

「なんか落ちてましたわ」

そう言うと、Ｂは石と同じようにそれを大袈裟に振りかぶって投げた。夜景に消えていく小さな鈴の残像を見届けると、微かにチリンと鳴る音が聞こえた。

「次は海にでもいきましょか」と後輩が言うので、移動することになった。来たときと同じように展望台から原付までスマホのライトで足元を照らしてくれるＢに感心しながら、Ａさんは原付にまたがりエンジンをかける。

その時、背後から「うわっ！」とＢの声がした。

「どうしたんや」と後輩が声をかけると、Ｂが「いや、スマホをメットインになおそうとしたら、中に、さっき投げた鈴が入ってたんです」と言う。

一同はそれを聞いて笑った。

「いやいや、おまえやりよったな」

「おもんないねん。投げてなかったんやろ」

後輩二人が囃《はや》し立てる。

Ｂは不服そうに首を捻《ひね》って反論していたが、鈴を手に取り、展望台の方へ向かってぞんざいに投げ棄てた。

暗闇の中で、鈴が砂利道に当たってチリンと鳴った音を聞いて、Ａさんはなんとも言えない違和感を覚えた。

時刻は午前四時前だった。海へ向かう途中、喉が渇いたので山のふもとのコンビニに寄った。

まだ仄暗い駐車場がコンビニの緑の灯りで照らされている。その一角に原付を停め、Ａさんは先にコンビニに入って用事を済ませた。

Ａさんが駐車場に戻ると、後輩たちが無言で立ち尽くしていた。

「どうした？」と聞くと、皆一様にＢのメットインを指差す。

「なんだよ」

訝《いぶか》しみながらＡさんがメットインを開けると、財布とスマホの隙間に小さな鈴が転がっているのが見えた。

Ａさんの抱いていた恐怖心が更に大きくなった。もう茶化す気も起きなかった。だって、自分は後輩たちと違ってＢが鈴を棄てるところを二度も見ているのだから。

Ｂは真っ白な顔で腕を抱えていた。

「す、棄てれんのやったら俺が棄てたるわ」

Ａさんは、一番年上として後輩たちをどうにかしないといけないという思いから、そう啖呵《たんか》を切った。

乱暴に鈴を掴みコンビニのゴミ箱に投げ入れる。鈴はゴミに当たってチリチリと音を立てながら底まで落ちていった。

「な！　これでもう終わりや！」

後輩たちを励ましながら、Ａさん自身も身体に震えが走っていた。もう疲きっていたが、ここで彼らを置いて帰るわけにはいかない。後輩たちを元気付けながら、Ａさんはそのまま甲子園浜の方へ向かった。

海に到着した頃には、空が白みだしていた。

明るくなると心細さがいささか楽になるのか、後輩たちは砂浜へ駆け出し、先程の出来事を忘れようとするかのようにはしゃぎまわった。

ただ、やはりＢだけは元気が戻らず、誰が呼んでも膝を抱えたまま海を見つめていた。しばらく経ってもそうしているので、Ａさんは流石《さすが》に心配になり声をかけた。

「しんどいんか？　大丈夫か」

「先輩、申し訳ないんですけど、俺の原付見てきてもらってもいいですか。また入ってるような気がするんです」

海を見つめたまま弱々しくBが言った。

若干の躊躇《ためら》いをBに悟られないように「大丈夫やって」と笑いながら、言われた通りBのメットインを開けた。

そこには汚れひとつない鈴があった。

そんなはずはない。こんなことがあるはずがない。

Aさんの表情を見て悟ったのか、Bは膝に顔を埋めて鼻をすすり、嗚咽を漏らした。

その様子を見た後輩二人も戻ってきた。事態を呑み込んだ後輩たちは互いにしがみつき、叫び声を上げた。一同は気が触れたように怯えきった。

後輩の一人が帰ると言い出し、危うい身振りで原付にまたがった。

「こんな状態で運転したら絶対に危ないからやめておけ」

Aさんが強い口調で注意すると、彼はへなへなと地面にしゃがみこんでしまった。

一体どうしたらいいのだろう。

Ａさんはあたりを見回して、砂浜に埋まりかけていた栄養ドリンクの空き瓶を掘り起こし、鈴と砂を一気に入れ、波打ち際から海に向かって投げた。

その時だった。

「やめろ！」

Ｂの吼えるような怒鳴り声がした。振り返ると、膝を抱えていたはずのＢが憤怒の表情でＡさんの服にしがみついてきた。

Ａさんも後輩たちも慌てて制止しようとするが、Ｂは三人でも敵わないほどの力でＡさんを海の方へと追いやろうとする。その間、Ｂは気が触れたように涙を流し「やめろやめろ」と連呼していた。

誰かがＢの頬を強く叩いた。途端、全身の力が抜けたかのようにＢは砂浜に倒れこんだ。

Ａさんは息を整えながらＢの顔を覗きこんだ。しばらくするとＢがぱっと目を開けた。先程までの歪んだ表情が嘘のように消えていた。

「ああ、スッキリした、もう帰らないといけない」

台詞《せりふ》を読み上げるようにＢが言った。誰もがＢを見つめていたが、Ｂは誰の目を見る

 こともなく自分の原付に乗り込んで手早くエンジンをかけた。

Ａさんの耳は先ほどのＢの怒鳴り声が響いてキンキン鳴っていた。

Ａさんはもちろん、後輩たちもすぐに海から立ち去りたかった。走り出しそうになるＢに待ってくれと言い、原付に乗り込んだ。

Ａさんが先頭で、そのうしろにＢ、そして後輩たちが続く。陽が昇って明るくなりだした時、Ｂの後ろを走っていた後輩が騒ぎだした。

「おい、Ｂ止まれ！」

「いいから止まれ！」

Ａさんが慌てて路肩にバイクを停めると、後続していた皆も続いた。

「お前これ……」後輩はＢのバイクの改造されたナンバープレートを指差した。

ナンバープレートを囲むように取り付けられた派手なフレームに、Ｂが好きなキャラクターのキーホルダーや携帯ストラップがじゃらじゃらと結ばれていた。その中に、あの鈴があった。

もう誰も言葉を発することができなかった。

Ｂは少しの反応も示すことなく、バイクに跨ってエンジンをふかすと。皆を置いて走って行ってしまった。

海に流したのは鈴だと思っていたが、代わりにBの何かが流れてしまったようだった。


Aさんはこう続ける。

「あの後な、皆怖くなってもうてその場で解散したんやけど、Bはあれから人が変わったようになってしまって、家になかなか戻って来ないし、どこで何をしてるかも一切話さへんのやって。それで家の前に停めてたバイクがある日突然なくなってもうて、盗難届を出したけど、家の人に聞いたら一ヶ月近く経ってるのにまだ見つかれへんって。おかしいよな。Bに聞いても、なんにも言わんねん」


鈴は、古くから人ならざるものに通じるために鳴らされてきた。神や仏に対してだけではない。魔物やもののけなどに対しても、自分の存在を知らせることでそれを呼び寄せたり、反対に遠ざけたりする役目を持っている。

あの日、山に落ちていた鈴は、もともと誰の持ち物だったのだろうか。

Aさんは言う。

「どこかでまた鈴が出てくるような気がするねん。俺もあの鈴に触ってもうてるから……」

古いレコード

昨年の夏のことである。東京在住のバンドマンGさんは、あるイベントでのＤＪの仕事を請け負った。

そのイベントとは、ライブハウスで行われる怪談会で、イベントが始まるまでの時間や休憩時に不気味な音楽を流して怖い雰囲気を演出してほしい、と主催者に依頼されたのだった。


会の前夜、自室の音響機器を使って、様々なＣＤやレコードから怖さを感じさせる音をサンプリングすることにした。

襖を挟んで隣の部屋には同棲している恋人がおり、いくらか騒がしくなることを詫びて作業を始めた。

Gさんは、CDやレコードを並べている棚から、ホラー映画のサントラや、古いアニメ、歌謡曲、クラシックの音源など使えそうなものを抜き取っていった。その時あるレコードのところで指が止まった。

それは叫び声が収められたレコードだった。

十二インチの両面に、誰のものかもわからない断末魔のような絶叫や嗚咽《おえつ》が延々と刻まれている。

金切り声で怯えるように叫ぶ女の喉は次第に枯れ、噎《む》せながらもなおも悲痛な声を上げ続ける。一瞬の静寂のあと、子供のように泣き叫ぶ男の声が始まる。叫びの合間の絶え絶えとした呼吸は、次第に苦しそうな嗚咽に変わる。それが延々何人も続く。老若男女の吼える声に一切の言葉や音律はない。

一体どういった目的で作られたのか、どうやって録音されたのかもわからない、不思議なレコードだった。

このレコードをどうやって手に入れたんだったか……。

Gさんは、レコードプレイヤーの前に立ち、喉から血の味が広がってきそうな気味の悪い錯覚を感じながらも黙々と録音作業を続けた。

女の絶叫が、プツッ……という音を最後に途切れた。レコードを走る針が浮き、盤の回転が止まった。久しぶりの静寂に、無意識にこわばっていた体の力が抜けて、Gさんは静かにため息をついた。叫んでいた人が皆、息絶えたかのようだった。

ああ、隣の部屋で休んでいる恋人に申し訳ない。夜も遅いのに気分を害してしまっただろうか。

Gさんは恋人に一言詫びをいれるため隣室の襖を開けた。

「サンプリング終わったよ、ごめん」

部屋の奥に座る彼女が、青い表情でGさんを見上げた。

「あなたどうしちゃったの？」

Gさんには彼女の唐突な質問の意図がわからなかった。

「なにが？　いや、レコードうるさくしてごめんって」

「違う！　叫び声を流してるあいだ、あなたがずっと〝黙れ〟〝うるさい〟って大きな声で叫び返してたのはなんでって聞いてるの。一体どうしちゃったの？」

Gさんは呆気に取られた。

彼女の声は震えていた。

「僕はなにも言ってない」と返すと、彼女は被せるように「あなたの声だった」と言った。

襖を一枚隔てた彼女の耳には、身に覚えのない自分の叫び声が聞こえていた。

それが、レコードのせいなのかはわからない。

わからないが、再びレコードに針を落としてみる気にはなれなかった。

翌日の怪談会でサンプリングした音響とともに流した叫びは、怪談会を不穏なムードにするのに抜群の効果を発揮した。

盆の直前に起こった怪異である。

雑踏

私が大阪の公共施設で受付のアルバイトをしていた時に聞いた話である。

そこは私鉄の駅から歩いて十分ほどの住宅地にある複合施設で、会議室や運動場は市井の人々でいつも賑わっていた。昼の時間帯などには趣味の教室が開かれて、そこに通う受講生など、定期的に顔を合わせる利用者とは、仕事に追われていなければ世間話をすることもあった。

ある日、受付で書類整理をしていた私に声をかけてきた人がいた。

「ねえあなた、梅田には行くのかしら」

体操教室を受講し終えて、ロビーに戻ってきた六十代のAさんという女性だった。

「はい。この辺りからだとどこへ行くにもまず梅田に出ないといけませんから」と答えると、Aさんは「なるべく行かないほうがいいわよ」と言う。

「あのね、誰かに聞いてもらいたい話があるの。ごめんなさい。少しいいかしら」

Aさんが旧友のSさんと待ち合わせたのは、冬の寒さが少し和らいだ三月のことだった。平日昼前の梅田はサラリーマンや買い物客で混み合っていたが、地下街の一角の柱に佇むSさんをAさんはすぐに見つけることができた。二人は女子高時代からの友人で、それぞれ地元で結婚して中年になってからも、時々連絡を取り合って食事や買い物をする仲だった。

「お待たせしてごめんなあ。久しぶり！」

Aさんが声をかけると、Sさんは伏せていた目を上げて小さく会釈をした。いつもならば朗らかな挨拶を交わすのに、半年ぶりのSさんはつば広の帽子を目深に被り、遅れてぎこちない笑顔を浮かべるばかりだった。

いつもと違うSさんの表情にAさんは戸惑った。先頃、病気や怪我でもしたのか、それとも家族や人間関係でなにかあったのだろうか。気にはなったものの、顔を合わせてすぐに心配の言葉を向けるのも躊躇われるので、一先ず昼食を提案した。この日は、特に予定を立てずに梅田をブラブラしようとAさんがSさんを誘ったのだった。

地下の飲食店街はどこも昼食を求めるサラリーマンやOLの行列が出来ていた。二人はデパート上階の落ち着いた喫茶店に入り、同じ軽食を頼んだ。

「そうや、聞いてほしいねん。この前な……」

Aさんはつとめて明るい話題を選んだ。頷きながら聞くSさんの表情には疲労の色が窺えたが、少しずつ以前の笑顔が戻ってきた。


「なんか疲れてるみたいやね、なにかあったん?」

タイミングを見計らって聞いたつもりが、Sさんに浮かんだ笑顔がさっと消えた。

「言ったらきっとおかしなったと思われるわ」

「今さらなんでSちゃんをおかしいと思うことがあるん。そんな仲ちゃうやろ。水臭いやん」

Aさんがそう言うと、Sさんはおどおどと顔を近づけて囁くように言った。

「最近、嫌なものが見えんねん」

Aさんは、Sさんが冗談を言ったのかと思った。Sさんは凍りついたような表情を浮かべていた。

「ふっと気づくと、こっちを見てる変なんがおるねん」

「ストーカーってこと？」

Sさんは首を振った。

「え、ちゃうの？　変なんって何？」

「それが、わからへんねん」

わかれへんねんけどな……。Sさんは訥々《とつとつ》と話を続けた。

多分女の人やと思うねん。駅とか街中とかこういう人が多いところに来たらようおるねん。笑っててな、ずっとこっち見てくるねん。こうやって、大きい口開けて笑うねん。最初は私疲れてるんかなって思ったんやで。なあ、私どうしてしまったんやろ。どうしたらいい。

Aさんは面食らった。いつもSさんが言う冗談とはあまりにも違っていたし、話を続けるSさんの唇が震え出したのに気づいたからだ。

「私なにもしてないねん。恨みを買うようなことも好かれるようなことも、なんにも思い当たらんねん」

「どうしたらいいんやろうな……」

そう言うしかなかった。Ｓさんには休息が必要なのだ。今日街に連れ出してしまったのは良くなかった。

鞄に荷物をしまい出したＡさんを見て、Ｓさんは「ごめん、大丈夫やねん。久しぶりにＡちゃんに会えたのにこんな話、したなかってん」と引き留めた。

Ａさんの心配をよそに、Ｓさんは買い物をしたがった。ハンカチ、日傘、石けん、娘さんの服。先ほどまでの不安げな顔を覆い隠そうとするように明るく振る舞い、どんどん買い物をした。

夕刻にさしかかろうとしていた。制服姿の学生が増え、街が慌ただしくなってきた。二人は商店街を地下へ降りて東梅田駅に向かった。

人の波を縫うように進み、円形の噴水広場に差し掛かった時だった。

Ａさんの服が急に後ろに強く引かれた。振り返るとＳさんがＡさんの背中に縋《すが》り付いてきた。

どうしたの、と言う間もなく、ＳさんはＡさんの肩で顔を覆いながら広場の中央付近を指差した。

「いる、いる」

Aさんはその指の差すほうを目で辿っていった。見ないほうがいいのではないかという思いが湧いたが、次の瞬間視界に捉えてしまった。

五メートルほど先の人波の中に、おかしなものが立っていた。

頭から足まで真っ黒い人のようなもの。背格好は華奢で女のようだが、そこだけが闇に覆われているように暗く顔がわからない。しかし、引きつった笑顔を浮かべる口元の赤さだけがはっきりと見えた。

〝それ〟と、言葉を失う二人の間を、ざわざわと通行人が過ぎていく。誰もそれを気にかけない。学生の集団が通り過ぎると、女のようなものは忽然《こつぜん》と姿を消していた。

わけがわからなかった。夢を見ているのでなければなんだというのか。

Aさんは、めまいを覚えながらも、小さな声で何かに謝るSさんの腕を抱えて地下鉄に乗せた。

「それは、怖かったですね」

私はAさんに言った。思いがけず職場で体験談が聞けたことに内心興奮していた。

Aさんは俯きがちに呟いた。

「それで終わりならまだ良かったんやけど……」

Sさんを見送った後、Aさんは駆けずるように移動して私鉄の快速電車に乗り込んだ。帰宅ラッシュの車両に十五分ほど揺られ、家の最寄りで降りる。軽く息をついてホームの端にある階段へ歩き始めた時だった。

階段の手前に自動販売機があった。横にあの女性のようなものが立っていた。大きな口を開けて、笑っているように見えた。

Aさんはその場に立ち尽くした。沢山の人が階段に流れ、紛れるようにそれは居なくなった。

それから、交差点、職場の前、ショッピングモール……。場所を問わずに女のようなものが現れるようになったのだという。

それはただ遠くからこちらに真っ赤な口で笑顔を見せているだけで、なにが起こるわけでもない。しかし、次に姿を現したらなにか起こるのではないか、距離を詰められたらどうなってしまうのか考えると心細くなってくる。Sさんに連絡を取って色々と聞きたかったが、あの日以来電話に出なくなってしまったのだという。

Ａさんは今や外に出るのがすっかり恐ろしくなってしまった。こうして習い事に来ているけれど、内心怖くてたまらないのだという。

「だからね、スタッフさん。こういう人が多いところに目を凝らさないように」

そう言って、Ａさんは賑わう館内のロビーの奥。非常口のある暗がりを指さした。

その時、やっと私はＡさんの意図することを察した。

この方は、友人が指さした女のようなものを導かれるように見てしまったばかりに、尾《つ》いてくる女を引き継いでしまったのではないか。それをご本人もわかっていて、今度は私にその女を押し付けようとしているのではないか。

指先を目で辿りそうになるのを堪えて、わかりました、と伝えた。

その後、Ａさんを施設で見かけることはなくなった。


今や、あの地下の広場は撤去されてしまっている。

女のような黒い影は、今は誰の後を尾けているのだろうか。

障る話題

「幽霊の話は沢山聞くよ。なにしろ毎日のように人が亡くなるから、なにか出たみたいな話は日常茶飯事。もう怖い怖い。夜勤の巡回なんて変な噂ばっかりだから憂鬱だよ」

冬の夜、久しぶりにUから電話がかかってきた。

私は自室のパソコンに座って大学の課題に取り組んでいた。高校時代に仲の良かった彼女は、関東の医療系専門学校に進学したあと、系列の総合病院で看護師として勤めていた。

離れた場所で暮らしながら、時々思い出したように連絡を取り合って近況を報告していた私たちは、その夜も止めどなく話し続けた。お互いに話したいことだらけだったので、あっという間に二時間近くが経った。

底冷えのする真夜中だった。ふと、病院勤務のUであればなにか怪談を知っているのではと思い、問いかけてみた。

「沢山あるよ」明るい声でUは言った。


「院内の噂で言うと、亡くなった人の部屋からナースコールがするとか、夜中に霊安室から泣き声が聞こえるとかはよくあるよ」

「じゃあ、Uがこれまでで一番怖かったことって何?」

「えー、聞きたい? あのね、これは最近あったことなんだけど」

Uの語気に熱がこもった。

「私が勤務してる病棟に高齢の男性患者がいたんだけど、この間すごい亡くなり方をしたの。その方は長い間入院して闘病しておられたんだけど、いつからか幻覚症状に悩むようになって、あそこになにかいるとか、あの場所に行ってはいけないとか、ずっと妄想を口にしていたんだよね。もともと気の優しい方だったんだけど……」

Uが少し声を詰まらせたようだった。

「とにかくね、その亡くなり方が、なんていうか訳がわからなくて怖かったの。あのね

「……ま……の時に……」

急に彼女の声が聞こえにくくなった。

「もしもし、U？」

プツッ……。突然電話が切れた。

すぐにUから着信があった。

「ごめんね。突然切れちゃった！　それでね、その男性の亡くなり方がおかしくて、二週間前の夜に、私が……し……」

またしても彼女の声にノイズが入る。

「U、もしもし！　なんか電波悪いかも。U、聞こえる？」

問いかけても返事がない。途切れ途切れに、話し続けているUの声が聞こえてくる。

こちらの声も彼女に届いていないようだった。

段々とそれも聞こえなくなり、やがて通話が切れた。

スマホの画面には通話時間が映し出されていた。

着信履歴を表示させて、今度は私から発信した。

「もしもし、U、電話切った？」

「切ってないよ……。ねえ、どっちか電波悪いのかな？」

「私はいつも通りずっと部屋にいるよ」

「私も……まあいいや、でね」

Uは話の軌道を元に戻そうとした。

「本当に不気味なんだけど、その患者さんが、夜中……ま……じご……」

プツッ……。

通話が切れて、ホーム画面が表示された。

時刻は午前二時を回っていた。足元から、底冷えの寒さが忍び寄っていた。

Uとはこれまでも、お互いの部屋でよく長電話をしていた。今夜もこれまで二時間近く他愛のない話をしてきたが、一度も通話が切れることはなかった。

スマホの充電がないわけでも、熱暴走が起こっているわけでもなかった。

これは偶然だろうか。

着信があった。Uの声が震えていた。

私たちは改めてお互いの通話環境を確認した。電話が途切れるような要素はお互いにひとつもなかった。

Uは、私が言い出せずにいたことを話し出した。

「ねえ、変だよね……　さっきから、私があの患者さんが亡くなった状況に触れようとするとおかしくなるよね。もしかして、このことは人に話しちゃいけないのかな。だって、本当に変な亡くなり方で……ごめん、もう体が震えて話していられない」

私はUに軽率に話をせがんだことを謝り、電話を切った。

その後も、数ヶ月おきに自室でUと話をしたが、あの時のように突然電話が切れることは一度もなかった。

あの夜、電話口で途切れ途切れに聞こえた〝地獄〟という言葉が、今も耳に残っている。

いたこ28号

Itako No.28

大阪府出身。自称怪談ソムリエ、またはガチ怪談からエロ怪談まで何でもアリな怪談バーリトゥーダー。TV番組、DVD作品、書籍、トークライブ等、各メディアで活動を展開中。共著として「北極ジロ」名義で『「超」怖い話 超-1怪コレクション』シリーズで執筆。超-1／2010最優秀作品賞受賞。

トイレで待つ女

「俺たち幽霊を助けたんだよね」

蒲田さんは彼女と車でお台場に遊びに行った。

小春日和で穏やかな初冬の休日だったという。

昼食を終えた頃から暖かく穏やかな晴天になった。

広い芝生にあるベンチで、他愛もない話をしていると蒲田さんの携帯が鳴った。彼女との共通の友人からだった。

「今から六本木に遊びに来ないかって」

彼女も「行きたい」ということで、二人で六本木に行くことにした。

「その前に彼女がトイレに行きたいっていうから、俺も行くことにしてさ」

公園内にあるトイレに立ち寄った。用を足していたら、女性の咽《むせ》び泣くような声が聞こえてきたという。

入口にあった多目的トイレからのようだ。

「何か変なんだよ。理由はわからないんだけど、怖くなってきて」

女性がトラブルに巻き込まれて、困っている可能性がある。ここは声をかけるべきだと、頭ではわかっているのだが、なぜかゾワゾワと全身が粟立った。

(関わるのは止めよう)

トイレから離れた場所で待っていると、彼女が暗い顔でこちらに向かって歩いてきた。

「すぐにわかったよ。ああ、彼女もあの女の咽ぶ声を聞いたんだと」

彼女は心配そうな顔をして「声をかけたほうがいいよね」とトイレを小さく指さしながら蒲田さんに言った。

気が重いがしょうがない。

蒲田さんと彼女は多目的トイレ前に立ち、声をかけることにした。

まだ女は咽び泣いていた。

「……大丈夫ですか⁉」

声をかけたが返事はない。しかし、咽び声が止んだ。

ドアにはカギは掛かっていなかった。空室を示すランプが付いているのだ。

彼女が「開けますよ」と声をかけて、多目的トイレの引き戸をゆっくりと開けた。

二人で中を覗き込んだが、そこには誰も居なかった。


「怖いから、誰かの悪戯《いたずら》だってことにして、二人で急いで六本木に向かったよ」

お台場から六本木までは車で二十分程度。目的地までの道順は熟知している。

「トイレの件もあるし、時間も逢魔《おうま》が刻《とき》で暗くなってきていたから、安全運転で行くことにしたんだよね。でもね、彼女の様子が変になってきて」


走行中、助手席に座る彼女が蒲田さんの肩を何度も軽く叩く。そして、

「だいじょうぶ？　だいじょうぶ？」

と繰り返し、話しかけてくる。

スピードを出さずに安全運転をしている蒲田さんは、なんでそんなことを聞くんだろうと不思議に思っていたが、また少し走ったら彼女が同じことを聞いてくる。

一体なんだよ、と思いながらもしばらく走っていたら突然、彼女が叫び出した。

「停めて！　停めて‼　危ないから停めて‼」

蒲田さんは意味がわからないまま、むしろちょっとムカッとして、路肩に車を停めた。

「なんなんだよ！」

と助手席に顔を向けると、彼女は目を見開いて強張《こわば》っている。

「……気づいてないの？」

「なにを言ってるの？」

「だから――何度も危なかったんだよ？」


青褪めた彼女が言うには、ここに至るまでに、蒲田さんが急に蛇行運転や危険な車線変更を繰り返し、やがて信号無視をしたことで怖くなり、叫んで車を停めさせたのだという。

全然、そんな記憶がない。蒲田さんは運転席であ然とした。

「後方の車や対向車からクラクションを何度も鳴らされていたのは頭の中でわかっているような気がするんだよ。変だよなあ」

うううううう……

二人の会話に割り込むように声が聞こえてきた。

後部座席のスピーカーから聞こえたと思ったが、そうではなかった。

初めはラジオのノイズのようだったが、それが女が咽び泣く声に変わってきた。

ひぃううううううう……ひぃうううううううう……。

車内の空気が異常なほど重くなった。

二人は悲鳴を上げ、転げるように外へと飛び出た。

(あのトイレの女が憑いてきたんだ)

少し離れた場所から車の様子を見ていると、この場所がどこなのかがわかった。

土手のようになっているここは——青山墓地だった。


「不思議なんだけど、これで大丈夫だと、わかったんだよね」

怯える彼女を連れて車に戻ったら、先ほどの重く嫌な空気は消えていた。

青山墓地まで運転させられたのだという。

「お台場で迷子になっていた女の霊を、青山墓地に連れて行ってあげたんだよな」

だから、

「俺たちは幽霊を助けたんだよね」

と蒲田さんは笑った。


別の人から、こんな話を聞いた。

早春のことである。山田さんはお台場に、仕事の打ち合わせに行った。打ち合わせが思ったよりスムーズに終わったので、その後、昼食を済ませると、芝生にあるベンチに座り一息ついていた。

煩《うるさ》い上司からの電話がある前に、デスクに帰社時刻を伝える電話を入れる。そして用を足そうと公園内にあるトイレに入った。

「女の咽び泣く声が聞こえてきたんだ」

トイレには自分以外誰もいない。耳を澄ますと、その声が多目的トイレからだとわかったという。

心配になり外に出ると多目的トイレのドアをノックして声をかけた。

「大丈夫ですか?」

返事はない。見れば、空室を示すランプが付いていた。鍵が掛かっていない。

多目的トイレの引き戸を開けた。

誰も居なかった。


「そこから記憶がスパッと消えていて――」


全身に走る激痛で目覚めた。

白い天井にある味気ない照明器具が目に入った。

身体は動かず、チューブだらけだった。

集中治療室のベッドに寝かされていた。


「三日経ってたんです」

山田さんはお台場から営業車で帰社する途中、交通事故を起こしたのだという。

居眠り運転で電柱に激突するという自損事故だった。

頭を強く打っていて、事故の記憶はないという。

山田さんは額には六センチ近くある縫い傷が今も残っている。

「事故を起こした場所が……青山墓地の横なんだよな。場所が場所だけに、死んでいたら洒落《しゃれ》にならなかったよ」

一年前の話だという。


あのトイレの女と事故はなにか関係があるのだろうか。

蒲田さんと山田さんは、同じ場所のトイレで同じような女の咽び泣く声を聞いている。

蒲田さんは幽霊を助けたわけではないのだ。

そして死なずにすんだ山田さんは、もしかしたら運が良かったのかもしれない。

二人の他にも被害者がいるのかもしれない。

そしてこれからも……。

咽び泣く女は、青山墓地の墓穴に被害者を引きずり込むために、今もあのトイレで次の獲物が来るのを待っている気がしてならない。

ポチのアルバム

吉川さんは夢を見た。

彼は砂浜にあぐらをかいて座っている。
誰も居ない美しい白い砂浜。どこまでも続く青い空と青い海。
心地良い日差しが降り注ぐ。
白い砂浜の向こうから一匹の犬が歩いてくる。
巻き尾を力強く振る成犬の柴犬。
太陽の光で全身が艶のある赤褐色に輝いている。
柴犬は赤い大きな本のような物をくわえていた。
ポチ？

後ろ足を少し引きずるように歩く姿もポチと同じだ。

ポチは子犬の頃交通事故で左足を骨折し、後遺症から左足を引きずるように歩いた。

あれは愛犬のポチだ。

「ポチ‼」

呼んだら、自慢げな顔をして、丸まった尻尾を必死で振る。

吉川さんはなんだか嬉しくなった。

ポチは吉川さんの目の前に座ると、くわえていた本を彼に見せるように落とした。

赤い表紙に白文字で〈ＰＨＯＴＯ〉と印刷された分厚い写真のアルバムだった。

〈ＰＨＯＴＯ〉の文字の下には、手書きの綺麗な文字が書かれている。

『ポチのアルバム』

ポチは吉川さんの右側に移動し、甘えるように体をすり寄せて来た。いつもの自慢げな表情をするポチの頭を右手で優しく撫で、吉川さんはアルバムを開いた。

一ページ目には一枚のカラー写真。

子供の頃の吉川さんと若い父と母と小さな妹、そして真ん中にころころと太った子犬のポチ。写真には〈5月6日ポチの誕生日〉と書かれていた。

捨て犬だったポチの誕生日はわからないから、飼うと決めた日を誕生日にしたのだった。

引っ込み思案で小学校では友人をうまく作れなかった吉川さんは、ポチと毎日遊んだ。

アルバムにはポチと家族が写った写真が何枚も貼られていた。

そこに写るポチと家族の姿はページをめくるごとに成長し歳を重ねていく。

小学校、中学校、いつしか老犬になったポチと大学生の吉川さん。


アルバムの最後のページを開いた。


記憶にない写真だった。若い女性と男性が並んで立っている写真。

二人の顔はぼやけていて誰なのかわからない。

そして、その写真にだけポチの姿がなかった。

アルバムを閉じる。

ポチは「ワン！」とひと声上げると、そのアルバムをくわえて歩きだした。

左足を引きずってはいなかった。

白い砂浜をとても軽やかに歩いて行く。

しかし後ろ姿は寂しそうだった。

「ポチの後ろ姿を見ていたら、なんだか泣けて。寂しくて寂しくて悲しくて」

涙をぼろぼろと流しながら目覚めたという。


なんだか胸騒ぎがしたのだという。

その早朝、実家の母親に電話を入れると、ポチが昨夜、亡くなったと知らされた。

ポチが家族になった日から、十八年目の春だった。


ポチが亡くなった年のお正月、吉川さんは三年ぶりに故郷に帰郷した。

両親と仲が悪いわけではないのだが、仕事の忙しさや会社の同僚との付き合いを優先していているうちに三年が経っていた。

久しぶりに会う両親は少し小さくなったように見えた。

大阪に就職していた妹も帰郷しており、久しぶりに家族で正月を迎えた。

吉川さんは家族に、ポチが夢に現れた話をした。

「ポチが最後の挨拶に来たんだね」と母がしんみり言った。そして、

「ポチがくわえていたアルバムって、お前が子供の頃に作ったアルバムじゃないの？」

そう言われてみれば、そんな物を作ったような記憶があった。

物置として使っている押し入れの中を探してみると、ホコリを被った古い段ボール箱の中にアルバムはあった。

赤い表紙に〈ＰＨＯＴＯ〉の白い印刷文字、その下には黒マジックで『ポチのアルバム』と書いてある。

夢の中のアルバムとは違い、ミミズが這ったような酷い文字だった。

「自分で書いた文字なんだよな。にしても、妙な感動はあったよ。夢の中では綺麗だったアルバムだったけど、本当にあったんだという」

現実は色褪せてカビ臭い、古びたアルバムだった。

アルバムを開けてみると、子供の頃の吉川さんと若い父と母と小さな妹、そして真ん中にころころと太った子犬のポチが写ったカラー写真があった。

そして〈5月6日ポチの誕生日〉の文字。

夢の中で見たのと同じ写真があった。

さらにページを開く。

ポチと小学校三年生の吉川さん。

嬉しそうにはしゃぐポチと吉川さんの写真が何枚もあった。

次のページを開く。

両親の横で自慢げに座っているポチ。

小さな妹とポチ。

ポチと小学校四年生の吉川さん。

「なんだか嬉しくなってきて次のページを開いたら」

写真が一枚も貼られていなかった。

そして次のページも、その次のページも。

夢とは違い、小学校四年生までの写真しか貼られていないのだ。

吉川さんに記憶が蘇った。アルバムのことも、そしてその後のことも。

「小学校五年生から町内会の野球部に入ってさ。友達が出来てポチとあまり遊ばなくなったんだ――」

夢で見たあのアルバムの写真たちは、ポチが見てきた記憶だったのだろうか。

しかし自分の記憶からは消えていた想い出たち。

「……ポチは幸せだったのかな」

寂しくて悲しい気持ちになった。

吉川さんは『ポチのアルバム』を完成させようと思い、ポチが写っている写真を探すことにした。

「真夜中だったんだけどね。なにしてんのと母が来て、そうしたら父が来て、妹が来て。家族で写真を探したんだよ。探してみたらポチの写真がたくさんあって。写真をアルバムの続きに貼りながら家族四人で、この時はこんなことがあったなぁ、あの時はどうだったなって、朝まで想い出話に花が咲いて……」

家族の節目節目には必ずポチがいた。ポチは大切な大切な家族だった。

そして写真の中のポチはいつも誇らしげで輝いていた。

寂しくて悲しかったけど、とても温かい気持ちで新年を迎えることが出来た。

ただ夢で見た最後の写真だけが見つからなかった。


あれから三年が過ぎた。

吉川さんは二年前に同じ職場で働く女性と結婚した。

「あの最後の写真がわかったんだよね。あの男性は俺で女性は女房だと思うんだ。それと思い出したんだけど、写真の女性は赤ちゃんを抱いていたんだ」

三ヶ月後に吉川さんはパパになる。

「犬も生まれ変わるのかな」

家族三人で撮った写真を『ポチのアルバム』の最後のページに貼るつもりだという。

「子供が小学校に入ったら犬を飼うよ」

そう笑った。

小野君

「小野の携帯に電話すると怖いですよ」

小野君が自宅にいる時に掛けると、女の不気味な声が聞けると同僚達は言う。

「いつからなの?」

「二ヶ月ぐらい前かな」

「小野に言ったの?」

「あいつ信じないから電話の音声を録音したんですよ。でもね、女の声だけが録音されない。これ、憑かれてますよね」

私は有給休暇中の小野君に、会社から電話をしてみた。

「夜に悪いな。樹海のロケハン資料のことなんだけど……」

適当な理由をつけて会話を続けていると、言葉は理解できないが女の声が微かに聞こえて来た。

陰気な低い声でブツブツと独り言のように囁いている。

テレビの音？

小野君に確認をしてみたがテレビはつけてはいないという。

『また僕を怖がらせようとしているでしょう。嫌だな』

小野君には何も聞こえていないようだ。

タチが悪いモノの様な気がする。

この電話で詳しく伝えるのは流石《さすが》に怖いから、明日会社で話すことにした。

しかし電話を切る瞬間、私は心が折れた。

『カカワルナ』

はっきりと女の声が電話の向こうから聞こえた。

春木さん

「二十歳までに幽霊を見なければ一生見ない、という話は嘘だな」

ロケバスドライバーの春木さんは今年で四十歳になる。

「樹海で首吊り死体を見てから、黒い影を見たり、良くない場所にかかわってしまうんだ」


春木さんは仕事で急遽、撮影機材をロケ地に届けることになった。

東京から長野のロケ地に大型のワンボックスカーで向かい、着いたのは夜の十時過ぎ。

無事に機材を届け、とんぼ返りで東京へと街道を走っていた。

「睡魔が襲ってきてね。危ないから仮眠を取ろうかと思って——車道に駐車するのは危険だから場所を探していたら」

廃墟になったレストランがあった。車を寄せてみる。

月明かりに見える打ち放しコンクリートの壁は雨風による劣化が酷く、そこに生えた苔が黒々として不気味さを倍増させていた。

破壊された二階の窓は、誰かが立ってこちらを見ていそうで怖い。

駐車場だった場所は、アスファルトのヒビ割れた隙間から雑草が伸び放題になっている。

迷ったが睡魔には勝てず、荒れた駐車場に車を入れると雑草が生えていない場所に停めた。

座席を倒して横になった途端、眠りに就いた。

春木さんは奇妙な夢を見た。

菊の花が咲き乱れる野原の真ん中に大の字で寝転んでいた。

空には澱《よど》んだ雨雲が広がった。

空が赤く染まってきた。

ドロドロと渦巻く赤い雲。

彼の周りで咲いていた菊の花から炎が上がった。

猛火が春木さんを飲み込んだ。

熱い。

身体を燃やす炎を吸い込み、息ができなくなる。

肺が焼ける。苦しい。苦しい。苦しい。

悲鳴のような声を上げ、飛び起きた。


ゴムが焼けたようなにおいが車内に充満していた。

電気系統が焼けたのかと慌てて調べたが何も問題はなかった。

においはいつの間にか消えている。

気味が悪いので、そこから出ることにした。

ライトを点けて車をバックさせると、駐車していた場所の地面が照らされた。

「アスファルトが真っ黒に焦げてたんだ」

後日まさにその場所で、半年前に男性が車に火をつけ焼身自殺をしていたことを知った。

青木ヶ原樹海

千二百年前に生まれた青木ヶ原樹海は、自殺の名所としても知られているが、自殺者が集まり出したのは昭和に入ってからである。

私の同僚の小野君は、CMのロケハンで青木ヶ原樹海に行った。ロケハンとはロケーション・ハンティングの略で、屋外やスタジオ以外の撮影場所を探すことを指す。ディレクターのAさんとチーフカメラマンのBさん、そして車両部のCさんの四人で樹海に入った。

遊歩道から原生林に入ると、自殺者の遺留品がいたるところにあった。

小野君が絵コンテを見ながらイメージに合うアングルを探していると、木々の間から数メートル先に男性が背中を向けて立っているのが見えたという。

「腰を曲げてね、バードウォッチングをしているのかと」

そう小野君は思い、無意識で男に近づいて行った。

手が届く距離まで近づいた時、男の全身から無数のハエが飛び立った。

黒く変色しグズグズにとろけた頭を支える首には、ロープが巻き付いていた。

男は首を吊ってぶら下がっていたのだ。

呆然としていると、チーフカメラマンのBさんが一心不乱に、ぶら下がっている腐乱死体に向けてカメラのシャッターを何度も切っていた。

「死体は夢見が悪くなるだけです。でもにおいは駄目です。自殺者だと認識した途端に、腐乱臭が自分の全身に覆い被さってきました」

小野君は耐えられず嘔吐した。

写真を撮り続けるBさんをなんとか引き剥がし、四人はその場から逃げた。

「警察に電話して事情を説明していたら、横でBさんが腰が抜けたように座り込んで泣いてるんですよ」

Bさんは何度も、

「意味わかんねぇ、意味わかんねぇ」

と呟きながら泣いていた。自分の意志ではなく撮り続けた理由が理解できず、それが怖ろしくて涙が止まらないのだという。

「なんで首吊り死体を撮影していたのか、わからねぇよ」

その後は、警察への協力で戻りたくもない現場にまた行くことになり、散々だった。

「死体が見えない場所からでも、においが凄いんです。それになんでアレを生きた人間と見間違えたのか、ほんと不思議です」

腐乱臭に気づいていたら、あの場所には行かなかったという。

「見つけて欲しくてにおいを消していたのですかね」

小野君は、夜中に突然目が覚めることがある。そんな時は、あの腐乱臭が微かに漂っているので怖いのだという。


「小野さ。見るという行為は脳が画像を作っている。だけどにおいは空気中を浮遊する物質が嗅覚を刺激するわけで――腐乱した男の一部が鼻から小野の体内に入ったことになる。まだおまえの身体の中にいるんじゃないの」

そう私が言うと、

「やめてくださいよ。気持ち悪いことをいうのは。樹海には二度といきません」

それから数ヶ月が過ぎたが、ＣＭのロケ地候補にはまだ青木ヶ原樹海が残っていた。

イメージコンセプトは妖精が居るような風景。

樹海なら悪霊のイメージだけど……。撮影のロケ地には選ばれるわけがないと私は考えていた。無駄なロケハンに終わる可能性は高いが、興味本位で担当を引き受けることにした。

樹海をロケ地候補に推薦するロケコーディネーターは、雪が積もった原生林がコンテのイメージに近いという。

季節は冬、まさに今である。雪が降ったのを確認できたので、改めて行くことになった。

今回は、私と車両部の田中さんと二人でのロケハンである。

青木ヶ原樹海を横断する県道七十一号から遊歩道に入り、ロケ車を駐車させる。

樹海への入口から遊歩道を歩いて進むと、青いセダンが放置されていた。

屋根には雪が積もっている。降ったのは二日前なので、二泊以上はここに駐車されていたことになる。

車内を覗いてみると、後部座席には食べ散らかした弁当や菓子やビール缶が散乱していた。助手席には、中を見てくれと言わんばかりに白い封筒だけがポツンと置かれていた。

ドアはロックされてはいないようだが、さすがに読む気にはならなかった。

田中さんと遊歩道から樹海の原生林へ入っていく。

私は、何故彼らが怖い場所で自殺ができるのかが不思議だった。自殺者は恐怖で樹海から逃げ出したい気持ちにはならないのだろうか?

深く進んでいくうちに理由がわかるような気がしてきた。

安心感のような不思議な気持ちが湧いてくるのだ。すべてを受け入れてくれるような安らぎ。樹海に自殺者が留まる理由を垣間見れて、この場所の真のヤバさを改めて実感した。優しく死を迎え入れてくれる場所なのだ。

そして冬の樹海は白と緑の美しい世界だった。

ＣＭのロケ地は、私たちの動画と写真により青木ヶ原樹海に決定した。

斎藤さんは売れっ子のＣＭカメラマン。

彼は世界中を飛び回り年間五十本近い作品を撮影している。

「幽霊を撮影したことはありますか？」

私の興味本位な質問に「一度もない」とそっけなく答えた。

今回の撮影カメラマンは斎藤さんになった。

「毎年百人ぐらい自殺してんだろ。仕事じゃなかったら樹海になんか行かねぇよ」

そう言って笑った。

斎藤さんの最終ロケハンを終えた感想は想像していたおどろおどろしい雰囲気は無かったという。

樹海は剥き出しの溶岩や木々の表面にびっしり緑の苔が生え、苔と針葉樹の緑に積もった白い雪が広がり幻想的な世界を作っていた。

「これは良い絵が撮れると確信したね」


ロシア人の妖艶な女性モデルを被写体に撮影を開始する。

撮影は順調に進み、後はライティングを必要とする夜の撮影のみとなった。

日が沈むまでまだ少し時間がある。

斎藤さんは監督と照明技師との打ち合わせを済ませ、セッティングが終わるまで自分の車で休むことにした。

「遊歩道から外れて十メートルぐらい原生林に入った場所で撮影をしていたんだけどね」

そこから遊歩道を数分歩いた県道の脇に、斎藤さんは愛車のジャガーを駐車していた。

「遊歩道を出ると県道と平行するように舗装されていない道があるんだけど、俺が駐車していた場所から二十メートルぐらい離れていたかな」

青いセダンがあった。

県道からは木々で見えにくい位置にあえて駐車したように思えた。

「気になるだろう。覗いたらさ、マジで助手席に白い封筒が置いてあるの」

後ろの座席にはビール缶や食べ散らかしたゴミが散乱していた。

「雪が積もったこのセダンは、何日もこの場所で夜を明かしたわけだ」

封筒の中を見る気もないし、消えたこの車の持ち主がどうなったのかも考えないことにした。

愛車で少し仮眠をとる。

二時間後、樹海は闇に包まれていた。

「ビビったよ。夜になったら全然空気が違うんだから」

暗闇の遥か先にある青いセダンに、人が乗り込んだように見えた。確認をする気はサラサラなかった。

懐中電灯の光を頼りに現場まで闇に包まれた遊歩道を歩いて行く。

「遊歩道でもこんなにヤバイのに、道から外れた原生林には入れねぇって」

遊歩道脇に並べられた発電機のエンジン音。忙しく動き回るスタッフの熱気。ライティングされた現場は昼間のように明るく、先程まで感じていた不気味さなど簡単に吹き飛んだという。

「いい絵が撮れたよ」

撮影は予定時間よりも早く終わり、すぐさま撤収が始まった。

斎藤さんは翌朝に別件の撮影があるので、後は撮影チーフに任せて先に帰宅することになった。

懐中電灯の光を頼りに、闇に包まれた遊歩道を一人で歩く。

吐く息が白い。後方からは撤収作業をしているスタッフたちの元気な声が響いている。

踏み固められた雪が凍結しているので注意を払いながらゆっくりと歩く。

ザッ、ザッ、ザッ……

斎藤さんがシャーベット状になった雪を踏みしめる音が闇に響いた。

ザック、ザック、ザック……

奇妙な音が闇に包まれた原生林の右と左から聞こえてくることに気づいた。

それは枯葉を踏みしめながら歩いている音だ。

左右から原生林の中を斎藤さんを挟むように並んで歩いている。

スタッフかと思ったが、でこぼこした溶岩や複雑に生えた木々が広がる原生林を真っ直ぐに歩けるわけがない。ましてや闇の中を。

ザック、ザック、ザック……

二つの足音は斎藤さんが歩くスピードや歩数に合わせて聞こえてくる。

左右に得体のしれないモノがいる。恐怖から全身が粟立った。

足音の主達は近くを歩いているようだが姿は見えない。

懐中電灯の光を……駄目だ。

光を当てた途端に、得体の知れない音の主たちが駆け寄って来るように思えたからだ。

気付かない振りをしよう。じんわりと歩くスピードを上げた。

あと少しで愛車に辿り着く。

前方の木々の隙間からあの青いセダンの屋根が視界に入ってくる。

左右からの足音が止まった。助かった。一秒でも早くこの場から離れたい。

小走りに走る。後方から全力疾走してくる二つの足音！

無意識に口から悲鳴が出た。

凍結した雪で滑りうまく走れない。足音の主達は難無く追い着くとすぐ脇を併走した。

パニックになる。斎藤さんは足を滑らせ転倒！

ゼイゼイと息を切らせながら前を見つめる。

闇の中を走る二つの足音は消えていた。しかしナニかがいる。

沈黙。

左と右の原生林から、男の頭が二つ飛び出してきた。

思考が停止する。動けない。

「真っ暗な原生林から、ろくろっ首のように伸びてんだ。首の向こう側にあるらしい体は見えなかったよ」

原生林の暗闇から、異常に伸びた二つの首。

同じ髪型に血の気のない真っ白な同じ顔。

びっしょりと濡れた髪は額にへばり付き、目も口も閉じた無表情な中年男性だった。

斎藤さんは絶叫しながら右から出ていた男の顔を殴って逃げた。

「あのグニャッとした感触を思い出すと、今でも嫌な気持ちになる」

パーキングエリアに入るまでの記憶が曖昧だという。


「家に着いたのが夜中の三時過ぎ。なのに嫁さん寝てないの。十一時を過ぎたらいつも先に寝るんだけど、なんだか眠れなかったって」

樹海での出来事は話さなかった。

「シャワー浴びて寝室に行くと嫁さんがまだ起きているから。じゃ、一緒に居間でビールでも飲むかって」

視線を感じて窓を見る。寝室のカーテンが揺れていた。

「冬だから窓を開けているわけないし。嫁さんが気づく前に寝室から出ようとしたら」

カーテンが大きく捲れるとドッヂボールぐらいの白い塊が二つ、窓を突き抜けて飛んできた。

それは斎藤さんの頭上を通り、ドーンと壁に激突するような音を出しながら外に抜けていった。

同じものを目撃した奥さんは、恐怖からポロポロと涙を流していたという。

「そんなことがあったけど、仕上がりは凄く良くてクライアントも大絶賛だったよな。ただ次回も樹海での撮影があるのならギャラを二倍にしてくれないと請けないよ」

仕事としてはトラブルが無く良かったわけだが……。樹海での撮影中になにひとつ怪異を体験できなかった私は少し物足りなかった。

私はNGフィルムも含む、すべての撮影素材を確認することにした。

残念ながら、我々怪談マニアを喜ばせるようなモノは何一つ撮影されてはいなかった。

伊計翼
Tasuku Ikei

怪談イベント団体「怪談社」の書記として怪談師が取材する怪談を記録している。著書に『怪談社』十干シリーズ、『怪談社書記録 赤ちゃんはどこからくるの？』『怪談与太話』『魔刻百物語』『あやかし百物語』『恐國百物語』『怪談社 RECORD 黄之章』『怪談師の証 呪印』ほか多数。

カラオケの店員

都内に住むU子さんはカラオケボックスが好きだった。

休みのたびに近所のカラオケボックスにいくが大勢ではなく彼女ひとり、いわゆる「ひとりカラオケ」。ひとの前で歌うのは審査されているようで厭だし、歌っているとき視線を感じるのは恥ずかしく緊張してしまう。それでも歌うのは好きだったのでU子さんはひとりでカラオケを楽しんでいた。

フリータイムで昼間に入店して、夕方までゆっくりと楽しむ。

もちろん、ずっとひたすら歌っているわけではない。スマホをさわったり流行りの曲を調べたり食事をとったり、ときには昼寝をしたりもしていた。

歌うだけでなく、カラオケボックスの空間ですごすのが好きだったようだ。

ある休日の昼、U子さんは市外にある友人の家にむかっていた。

駅の改札を抜けてバス停を探していると友人から電話があった。急用ででかけなければならないらしい。何度も謝る友人に「せっかくきたのに、もう。今度、お詫びにランチおごってよ」と伝えて電話を切った。

(さて、これからどうしようか)

特にやることもないし、そのまま帰っても退屈を持てあますだけだ。

まわりをみるとカラオケボックスの看板が目についた。料金を確認しながらフードの写真をみると、なかなか美味しそうだった。

(やることないし……夕方まで、くつろぎますか)


部屋に荷物を置くと、U子さんはすぐにドリンクバーへ飲み物を注ぎにいく。

もどってくるとメニューを開き、ＢＬＴサンドを頼んだ。

しばらくデンモクで最新曲をチェックしていた。

(いつもいっているカラオケと機種が違うのね)

好きなバンドの曲が多く入っていたので喜んでいるとドアをノックされ、

「失礼します、お待たせしました」

若い男性店員が注文の品を持ってきてくれた。

店員がでていくとサンドをかじり、いつも歌う曲で喉の調子を整える。

デンモクのチェックと歌うのを交互に楽しんでいると、ドアで影が動いた。

さっきの注文の品を持ってきた店員が腰をかがめて、なかを覗いている。

(……?)

不思議に思い、みていると彼と目があった。

店員は一瞬、気まずそうな顔をしてその場を去っていく。

(なんだろ？　ひとりできているのが珍しいのかな)

しかし、そんな理由で部屋を覗いているのはなんだか変に思えた。

(ひとりできているようにみせて、友だちときていると勘違いしたとか?)

サンドをかじりながら見上げると、天井には半円球型の監視カメラがあった。カメラがあることは珍しいことではないが、そのせいでさっきの店員の行動が余計に不思議だ。カメラで確認すればいいものをわざわざ覗きにきたのはなぜか。

考えてもわからないので、U子さんは気にせず歌うことにした。

しばらくするとトイレにいきたくなったので部屋をでた。用を足してもどると、

「あ、すみません、失礼しました！」

間違えて違う部屋のドアを開けてしまった。

ところが部屋番号をみて（……あってるじゃん）と、なかを覗く。

――だれもいない。

ドアを開けたとき、たしかに長ソファの奥に長髪の女性が座っていた。

しかし、いまはだれもいない。

見間違えたのだろうと、部屋に入ってソファに座った。

（……なんか変、ね）

気をまぎらわせようとスマホに手を伸ばした途端、ドアをノックされた。

店員かと思ったが、だれも入ってこない。

すこし経ってまたノックされたので立ちあがってドアを開けるが、外にはだれもいなかった。

顔をだして廊下の奥をみているとガシャッという音。

振りかえるとテーブルの中央に置いたはずのスマホが床に落ちていた。

(ここ、なんだか気持ち悪い……)

すこし怖くなってきたU子さんは落ちつこうと、スマホをひろって腰をかける。ため息と共に「はあ、もう帰ろうかな」と言葉がでた。すると真横で、

「どうして帰っちゃうの」

気がつけば荷物を持って部屋の外にでていた。

指先がぷるぷると震えて、ぞわぞわと肌が粟立つ。U子さんは、とにかくすぐに店からでたくて受付カウンターに急いだ。

部屋に注文を持ってきてくれた店員が会計をしてくれる。レジに会計を打ちこむあいだ、彼はU子さんに目でなにかをいいたげなようすだった。

数日が経って恐怖が和らいだU子さんは、あの店が気になったのでネットで検索してみる。

「ゆうれいがでるカラオケボックス」というブログの記事を発見したそうだ。

肉じゃがの匂い

ある秋の夜、会社員のIさんはいつものように駅をでて帰路についた。

仕事内容を思いだしながら歩いていると、いい匂いが漂ってきた。牛肉を醤油とみりんで煮込んだ、肉じゃがのような匂い。どこかの家の夕食のようだった。

ひとり暮らしなので外食ばかりだったIさんは（たまには、だれかが作る家庭料理も食べたいな）と思わず足をとめて、匂いが漂ってくる方向に目をやる。真横のひくい塀のむこう、一軒家の換気扇からやってくる匂いだった。

換気扇の横には台所の小窓が開いている。

そこから外にむかって、ほそい腕が二本、にょっと伸びていた。

肩から指の先まで異様に真っ黒い腕だった。

空を掻くようにバタバタと動かしているが、胴体はみえるのに頭がない。

ぎょっとしたIさんは息を呑むと足早にその場を立ち去った。

自宅に帰りつき、さっきのはなんだったのだろうと思いかえす。

なにかのイタズラだったのだろうか。それとも実はトラブルで、助けを求めていたのではないだろうか。もう一度ようすをみにいこうかとも考えたがやはり気味が悪く、そんな気になれない。

結局、食事もデリバリーですませて就寝することにした。

翌朝、Iさんは駅にむかっている途中、あの家の前にきて再びぎょっとした。

例の家は焼き焦げた柱がいくつも重なり——家自体がなくなっていた。焦げた炭のにおいが鼻につく。立ち入り禁止の黄色いテープの前にいた近所のひとたちに話を聞くと、昨日の昼におこった火災で家は全焼したという。

だが、Iさんが家の横を通った時間は夜である。

本当に昼の出来事だったのか尋ねてみた。

「おそくまで消防車とパトカーがいたけど……夕方には、火は消えていたよ」

Iさんが通ったときには道には消防車どころか、人影ひとつなかった。

あの腕はいったいなんだったのか、Iさんは未だにわからない。

「そんなことが数年前、一度だけありましたね。あれからというもの――」

肉じゃがの匂いを嗅ぐと思いだしてしまうんですよ、とIさんはいった。

ちなみに出火の原因は不明で、だれも亡くなっていない、ということだ。

お祓いしたほうがいい

「どうぞ……この部屋なんです」

「この部屋なんですか。けっこう綺麗に片づけていますね」

「掃除は好きなんで……なにか視えますか？」

「いや、電話でもいった通り、私は霊能者ではないので視えたりは……」

「ああ、そうでしたね。では経験上ではどうでしょう？」

「ゆうれいがいそうな部屋か、ですか？　いや、どうでしょう……普通です」

「普通ですか……」

「えっと、仰っていたのはこの部屋の隅とお風呂場？　でしたっけ？」

「はい。あそこの隅、本棚の前らへんですね。子どものような影が立ちます」

「声もするんですよね」

「声は二度だけ……息を吐いて、ささやいているみたいな」

「なんといっているか聞きとれましたか？」

「わかりませんでした。ぶつぶつ呟いているような、お経のような……」

「お風呂場は？」

「お風呂場はそこなんですが、シャワーを使っているような音と湯気が」

「いってみたら、だれもいないし湯もでていない」

「そうです。ただ湯気が部屋のなかに漂ってくるんですよ」

「ここは角部屋ですよね。しかも、隣は空き部屋」

「はい、そうです」

「ここは二階なので……一階の真下の部屋から湯気がもれているとかは？」

「したは整骨院なので、夜になるとだれもいません」

「はあ、なるほど……ん？　その手形は？」

「え？　どれですか？」

「そこの壁のところ、時計のガラス板です」

「ホントだ……いまいわれて初めて気がつきました」

「これは？　いつぐらいに買った時計ですか？」

「買ったのはずいぶん前ですが、掃除のときに拭いているので」

「最後に掃除をしたのはいつですか？」

「昨日……ですね。そのときにも、ちゃんと拭きました」

「時計の手形、ちいさいですね。子どもの手みたいだ」

「……」

「入居するとき、なにかいわれたりしました？　不動産屋から」

「いいえ、特になにも。家賃も普通の値段だと思います」

「事故物件サイトは？　調べましたか？」

「はい、もちろん調べました。特になにもでていません」

「一応たしかめますね。えっと、ここの住所を入力して……あれ？」

「どうしました？」

「スマホの電源が落ちました。なんでだろ？」

「……」

「……」

「どう思われます?」

「湯気や影は深夜なんですよね? いまわかりませんし……」

「なにか対策みたいなのはありますか? 盛り塩とか」

「うーん、盛り塩で解決したって話もすくないんですよね」

「私の気のせいって可能性はどうでしょう?」

「もちろん、ありえます。気のせいという可能性も」

「どうしたらいいんでしょうか?」

「そうですね、念のためお祓いとかどうでしょうか」

「お祓いですか。お祓いなんて、いったいどこで頼めば……え?」

「え?」

「きゃあああッ!」


突然、悲鳴をあげて部屋をでていく彼女を外まで追いかけた。

彼女がいうには「お祓い」という言葉を口にしたとき、鏡に貼ってあったポストカード(横をむいた少女の絵。クリムトの絵画)がこちらをむき、大きく目を見開いて睨みつけたという。

後日お祓いはおこなわれたが、現象が止んだか否かはまだ聞いていない。

お前から

Nさんという男性から聞いた話である。

ある夜、彼は友人のTさんと居酒屋で合流した。逢うのは数カ月ぶりだった。ふたりは店の奥の席に座って、仕事や共通の知人の話で盛りあがったという。

「あ、オレさ、また引っ越したんだ」

そんなことをいいだしたTさんにNさんはすこし驚いた。

「前の引っ越しからそんなに経っていないだろ?」

「立ち退きになったんだよ。老朽化でマンションを解体するらしくて」

もちろん、引っ越し費用も充分すぎる金額をもらったそうだ。

「そういうのって家主がお金をくれるものなのか?」

「いや、なんでも家主から土地を買いとった会社があって、そこからもらった」

わりとこの店から近くなんだぜ、とTさんは日本酒をすすった。

「老朽化って、そんなに古い建物だったのか?」

「ん? ああ、前の家ね。けっこう古いよ。ゆうれいもでたし」

ゆうれいと聞いてNさんは吹きだしそうになった。

「いや、マジだぜ。寝てると金縛りなんかしょっちゅうだし」

「それって、疲れてただけじゃねえの?」

「同じフロアのひともいってたもん。『おたくは大丈夫ですか?』って」

「へ? おたくはって、どういうこと?」

「それは隣の隣の部屋のひとだったんだけど、フロアの全部にゆうれいがでるって」

「なんだそれ、ホントかよ?」

「他の部屋にはおんながでるとか。別にいいじゃん、家賃安かったし」

「お前は金縛りだけだったのか? おんなのゆうれいは視なかったのか?」

「だってオレ霊感ねえもん、視えねえよ」

コップにはいった酒を干すと「あ……でも」とTさんは続けた。

「引っ越す寸前、何度か『お前』とか声が聞こえたな」

「うわ、めっちゃ怖ええじゃん」

「よく聞きとれなくて。お前があ、じゃなくて。お前から、だったかな――」

そのとき、店のカウンターにいる店長が「いらっしゃい」と声をあげた。

ぱたぱたと足音が聞こえてきて、ふたりの座っている席の前に女性が立った。

女性はテーブルに肘をおいて、ぐぐッとTさんに顔を近づけると、

「ワタシの話してるでしょおお」

そういいニタリと笑い、床に倒れて気絶してしまった。

店長がやってきて「ちょっと○○ちゃん、大丈夫!」と女性を揺さぶる。

すぐに救急車がきて騒ぎになった。


女性はその店の常連客だったが、Tさんとはまったく面識がなかった。

よく酔っぱらっては他人に話しかけるひとらしいが――なぜNさんたちの会話にあった発言ができたのか、理由はわからない。

「彼が真っ青になって震えていたのが強く印象に残りました。ちょうどそのあとですね、Tと連絡がとれなくなったのは」

Nさんは彼の安否が心配でならないそうだ。

ただの夢

ある男性は工場の事故で、中指と薬指の先を失った。
その事故にあう前日、彼は妙な夢をみていた。
白髪の老婆が家に入ってきて、指を噛み千切っていくという夢だ。
「ぜんぜん知らないお婆ちゃんですよ。ただの夢で、事故とは関係ないといいんですが
――最近、そのお婆ちゃんがまた夢にでてくるんです」

隙があれば近づこうと、こちらをうかがう老婆の夢。

幽霊画

客足のすくない展覧会でガラスのむこうの浮世絵を観ながら進んでいた。

ふと先の角をみると、痩せたおんなが顔だけをだしてこちらをみている。白い着物のようなものを着ているのが一瞬みえたが、すぐに顔を引っこませた。

(——いま、なんか変なひといたな)

さほど気にせず進み、角を曲がると幽霊画が展示されていた。

(なんとなく、さっきのひとに似ているな)

そんなことを思っているとガラスに反射して映っている自分の後ろに、さっきのおんなが立っていた。すぐに振りかえるが、だれもいない。でも前をむくとガラスにはしっかりと映っている。

笑っていた。画と同じように。

ABC

こんな連絡がきた。
「私の幼い子どもが朝おきて、妙なことをいうのです。
夜になると知らないおばさんがタンスからでてきて、
『お歌をうたってあげる。眠るまでずっと、お歌をうたってあげようね』
それからというもの、毎晩ではないのですが、ときどき現れるようなのです。
心配になって旦那に話すと、夢をみているだけだろうと一蹴されます。
どう思われますか?」

タンスは中古で購入したものだという。
もう何年も前に買ったもので、いままでなにも起こったことはないらしい。

とりあえずタンスを調べてみては？　と返事をした。

「先日の休みの日、旦那とタンスを調べました。

上から順番に引出しを外してチェックしましたが、なにもありませんでした。

ところが、いちばんしたの引出しを外すと――引出しの裏側に真っ赤な大きな字で『ＡＢＣのうた』と書かれていました。あきらかに大人の字です。

子どもに『おばさんはなんの歌をうたうの？』と尋ねました。

『覚えてるよ。エー、ビー、シー、ディー、イーエフジー』と歌いだして……」

タンスはすぐに処分したが、なぜいきなり女性が現れだしたのかは見当もつかないそうだ。

骨壺

ある寺院での、怪談番組の撮影中のことだ。

本尊が安置された本堂で語り手が、ある怪談を語っていると音が響いてきた。

それは、ぱき、ぺき、ぱき、という家鳴りのようなもの。聞こえるたびに出演者たちが音の方向に顔をむける。いったいなんの音だろうと不思議に思ったスタッフのひとりが、音がした本尊の横を調べた。

すると奥に部屋があるのがわかった。おそるおそる、なかにはいってみる。

ずらりと骨壺が並んでいた。

語っていた怪談は「仏壇に置かれた骨壺の話」だったそうだ。

骨壺2

そのつもりではなかったのに怪談を聞けることもある。

タクシーに同乗した知人があまり話さない私に退屈したのか、運転手と世間話をしていた。あれこれ話しているうちに話題もなくなり、質問をはじめた。

「運転手さん、どんなお客さんが迷惑ですか？　酔っ払いとか？」

「うーん、酷い酔っ払いは迷惑だけど、こっちも慣れていますからねえ」

「じゃあ、他にはどんなひとが迷惑ですか？」

「いちばん迷惑なのは……やっぱりあれかな、骨を置いていくひとですね」

遠い親戚や身寄りのない者の骨を預かることになったひとが、面倒くさくなったのか捨てるつもりなのか、わざと骨壺を忘れていくことがある。私も耳にしたことがある話で、いままで聞いたのはタクシーや葬儀場、寺院である。

実に罰当たりなことだと思うが、そのタクシーの運転手は続けた。

「信号待ちのとき、振りかえって調べたら運転席の真後ろに骨壺があるんだもの」

「酷いことをするひとがいますね！　びっくりしたでしょ？」

「いや、私は（やっぱりか！）って思いましたよ」

「やっぱり？　やっぱりとは？」

「そのときは深夜に一時間くらいお客を探して走らせていたんです。なんというか、鼻をすするというか、押し殺したような声というか……」

真後ろの後部座席から、ずっと男の泣き声が微かに聞こえていた。

「みつけた途端に、これか！　って思いますよ。いやね、世のなか恐ろしいもので、私どもの営業所の忘れ物置き場にはけっこう骨壺もあるんですよ。定期的に無縁仏を預かってくれる寺にお願いしにいくんですが、その忘れ物置き場でも」

ときおり泣き声が聞こえてくることがあり、事務員が怖がっているそうだ。

八月二十一日

Yさんという男性が大学を辞めたばかりのころ。

バイトもしていなかったのでやることがなく、日々を無駄にすごしていた。両親は「しばらく遊んだら仕事でも探すんだぞ」と呆れ顔だったが、Yさんはちょっとした自由を楽しんでいた。

ちょうどその夏の時期、Yさんの好きなゲームの新作ソフトが流行っていた。

彼はそれを購入すると、一階のリビングで夢中になり毎日のように徹夜をしていた。おきてきた父親に小言をいわれるのが厭で、二階の自室にもどるのはだいたい午前六時くらいだった。

そのときも、いつものようにコントローラーを持って夢中になっていた。とっくにクリアはしていたが、やりこみ要素が多いゲームだったので楽しんでいた。すこし難しい

ところに差しかかり、

（たしか攻略サイトで、ここの説明があったな）

それを思いだして、自室のパソコンをチェックしにいくことにした。

リビングをでて階段に足をかけると、うえに人影が立っているのが目についた。

ちょうど踊り場のところで、ちいさな窓の前だ。

外は明るくなっており、逆光でハッキリとみえない。

男ということはわかったが、あきらかに父親ではなかった。

「え……だ、だれ？」

思わず尋ねるが返事はない。人影は腕をだらりと垂らして、すこし動いている。

上半身を左右に揺らしていると思ったが、そうではなかった。

よくみると足が階段についておらず――宙に浮いていた。

塗りつぶしたような黒い顔だが、目を大きく開いてこちらを見下ろしている。

驚きのあまりYさんが動けずにいると突然、男の躰が脱力したかのようにグシャリと階段に崩れた。そのまま、ばたんッばたんッと大きな音を立てながらYさんのほうに落ちてくる。

「ひゃあああッ」

Yさんは悲鳴をあげるとリビングにもどり、足をからませて豪快に転んだ。

音と悲鳴を聞きつけた両親が寝室から「どうした！」と駆けつける。

「い、い、いま、し、知らない、おと、男のひとッ」

しどろもどろになったYさんが、みたものを伝えられずにいると父親が、

「おい、今日は八月二十一日か」

落ち着いたようすで妙なことを母親に尋ねた。

「はい……でもまさか、あれだけしたのに、まだいるなんて」

ふたりは顔を見合わせると、倒れているYさんをよそに階段にむかった。

「いや、いま、おとこの……あれ？」

まだなにも説明できていないのに、まっすぐに階段へむかう両親にYさんは違和感を覚えた。

両親はなにもいわず、階段のうえにむかって手をあわせた。

そのあと両親になにかを知っているのか尋ねたが、答えてくれなかった。

ただYさんはなんとなく事情がわかるという。

「むかし聞いたことがあるんです。たしか父親の兄弟？　親せきのだれかが亡くなっているんですよ。きっとあの日に階段で自殺していて……ぼくがみたのはそれじゃないかと思うんですけど……ただ、あのとき」

母親が漏らしたセリフがわからない、とYさんは首をひねった。

『あれだけしたのに、まだいるなんて』

普通ならお祓いや供養をさしていると受けとるのだろうが、なんとなくそんなニュアンスではない気がするとYさんはいった。母親の口調から「あれだけした」の「した」ことは両親ではなく、階段に現れた親せき自身がおこなった「行動」のことのように思えるらしい。

「亡くなった親せきは、いったいなにをしたんでしょうね？」

現在、ひとり暮らしをしているYさんは八月二十一日だけは絶対に実家へもどらないそうだ。

どこからド

群馬県の某町、ある家では音が聞こえてくる。一軒家、まわりは草が生い茂る空地、周囲に他の家はない。聞こえてくるのはピアノの音で音階がまさに「ド」だ。

それが響くのは午後十時ごろで庭の端にある倉庫のあたりからということはわかるが、実際にどこから聞こえてくるのかはハッキリとわからない。

住人は都内に住む友人に泊まってもらい、音の発信源をたしかめることにした。

涼しい秋口だったので外でアウトドア用品のチェアーに座り、ふたりでビールを呑みながら十時になるのを待った。

友人の話を聞きながら待っていると音が響いてきた。毎晩のように聞く音なので間違えることはない。住人は友人を倉庫の付近につれていき、耳をすますように指示をした。

もう一度だけ「ド」は響き渡り、そのまま静かになった。

「なあ、どこだと思う？」

「……いや、わからなかった」

「そうか。もうすこし待ったら、また聞こえるかも」

しかし友人は気味悪がり、呑んでいるにもかかわらず車に乗ってホテルにむかった。


このような話があった。

私はその友人とアポをとることに成功し、実際に逢って話をした。

「実はどこから聞こえてきたのか、わかったんじゃないんですか？」

そうでないとピアノの「ド」くらいで怖がる意味が理解できなかったのだ。

「……ああ、わかったよ。二回聞こえたけど、一回目ですぐにわかった」

「倉庫のどこから聞こえたんですか？」

「倉庫じゃねえよ」

「じゃあ、家のなかから聞こえたんですか？」

「違うよ。聞こえたのは……すぐ目の前なんだよ」

「すぐ目の前？」

あの夜、時間になるまで住人と友人は話をしていた。

「オレがなんてことない話をしていると『ド』っていったんだよ」

「いった？　だれが？」

「その住人だよ。あいつ自分の口を開いて『ド』って声をだしたんだよ」

「え？　つまり怪奇現象でもなんでもなく、本人がいっていたってことですか？」

「まあ、そうだな。そういうことだ」

「それを本人は庭の倉庫あたりから聞こえると？」

「ああ。でも気味が悪いのはそこじゃねえ。音、そのものだよ。あいつ」

エコーがかかった響きがある、本物の楽器の「ド」を声でだした。

「本人はまったく気づいてなかったけど、アイツとり憑かれてると思うよ。だってあの家、もともとちいさい孤児院みたいな建物を改築したっていってたし。それに多分あの音、ピアノじゃなくてオルガンだよ。ほら、孤児院ならありそうだろ」

気味が悪くて、あんなとこに泊まれるかよ、と彼は眉間にシワをよせていた。

かくれんぼ集

かくれんぼに関連する怪異談は意外に多い。

最近、新しく聞いたいくつかの話があるので記しておく。

Iさんが子どものころ、こんなことがあった。

近所の子たち数名と一戸建ての自宅でかくれんぼをしていると、鬼役である男の子が大声で泣きだした。いったい何事かと、Iさんは隠れていた場所からでて泣き声が聞こえた台所へ走る。

男の子は両手で目をおおって大声で泣いていた。

隠れていた他の友だちもみんな台所に集まり、口々に「どうしたの?」「だいじょうぶ?」と声をかけるが、いっこうに泣き止まない。

そのうちにIさんの母親がやってきて「なにがあったの」と男の子に尋ねた。

「こわい、こわかったのぉ」と説明をはじめた。

男の子は目をつぶって数を数えて「もういいかい」と定例のかけあいをしたあと、隠れている友だちを探しはじめた。どこにいるのか考えて、さいごに足音が聞こえた台所にむかった。

しかし隠れることができるような場所はなく、立ち去ろうとしたとき冷蔵庫のドアがひとりでに、すこしだけ開いた。そこから細い腕がゆっくりと現れて、男の子にむかってオイデ、オイデと動く。すぐに腕は引っこみドアは閉まった。

それが怖くて大声で泣いてしまったらしい。

Iさんの母親は「見間違えただけよ」といいながら彼を慰める。

しかし直後、母親のうしろで冷蔵庫のドアがひとりでに開いていった。

子どもたち全員がそれを目撃し、悲鳴をあげたという。
・・・・・・・・・・・・・・・・・・・・

Eさんは小学一年生のころ、ある一軒家でかくれんぼをしていた。

友だちとふたりで同じ押し入れに隠れて、みつからないよう息をひそめていた。

ぱたぱたという足音が聞こえてきて、鬼が押し入れの前を通りすぎていく。Eさんは友だちに、

「みつかるところだったね。あぶなかったあ」

ささやくように伝えると、友だちが「あ」とみじかい声をあげた。

「どうしたの?」

「いま……ふみちゃんが、きた」

ふみちゃんという名前に心当たりがなく「ふみちゃんってだれ?」と尋ねる。

「ふふッ。いまね、ふみちゃんがこの家に入ってきたの。ふみちゃんが入ってきたの、玄関からここにきたよ、押し入れのなかに入ってきたの。ふみちゃん、もう帰ってこないってママがいっていたのに、ふみちゃん帰ってきた、ははッ。ふみちゃんにみつかったの、ふみちゃんにみつかったんだよお! はは、あはははッ!」

そのまま友だちは闇をつんざくような高笑いをはじめた。

あまりの大声にEさんは思わず耳をふさいでしまう。

「ふみちゃあんッ！　あはははははッ！　ふみちゃああああんッ！」

すぐに鬼役の子と隠れていた子たちがやってきて、押し入れの戸を開けた。

それでも友だちの笑いは止まらず、けたけたと笑い続けている。

怖くなったEさんは押し入れを飛びだして、だれよりも先に家から逃げだした。

自宅へ帰るとベッドに入って布団を頭からかぶり、いつの間にか寝てしまった。

母親におこされて「今日、〇〇くんたちと遊んでた？」と聞かれた。

〇〇くんとは大笑いをはじめた、あの友だちのことである。

「……どうして？」「電話があったの。〇〇くんが泡を吹いて倒れて意識がないって」

彼はそのまま救急車で病院に運ばれたらしい。


この一件以来、その友だちが学校にくることはなかった。

「ふみちゃん」というのがだれのことだったのか、Eさんには未だにわからない。

しかし、もっと不思議なことがあるという。

「かくれんぼをしてた家……だれの家だったのか、覚えてないんです」

他の友だちに聞いてもだれも答えることができず、なぜその家に入ったのか、だれの家だったのかが――いま現在も思いだすことができないそうだ。

…………………………


寝室で眠っていたFさんが目を覚ましたのは、午前一時ごろだったそうだ。

突然、大声で「いち！　にい！　さん！　よん！　ご！」と数字をかぞえる声が響いてきた。驚いて飛びおきたのはFさんだけでなく、横で眠っていた彼の妻も同様だった。ふたりのあいだで眠っていた息子のYくんの姿がない。

Fさんと妻は慌てて声のする居間にいくと、Yくんが立っている。

壁に両肘をつけて腕で両目をふさぎ、大声で数をかぞえていた。

「……にじゅうはち！　にじゅうきゅう！　さんじゅうッ！　もういいかいッ」

妻がなだめるように「どうしたの、こんな夜中に」と声をかけるが、それが聞こえているのかいないのか、

「もういいかいッ！　もういいかいッ！」

かくれんぼをYくんは続けようとしている。

Fさんが怒気をはらんだ声で名前を呼ぶと、腕から顔を離して、

「いま……おじいちゃんと、かくれんぼしているの」

きょとんとした顔でそうつぶやいた。

彼の祖父は先月亡くなったばかりだ。それを理解できないYくんが寝ぼけたのだろうと、ふたりで彼をいい聞かせた。

「おじいちゃんは天国にいったんだ。ほら、もう寝なきゃ。ね」

そういってYくんを寝室につれていくとFさんは妻と一緒に彼を寝かしつけた。

妻がちいさな声で「ねえ、今日って」と話しかける。

Fさんは「ああ、そうだな。ちょうど親父の四十九日だ」と答えた。

(最後に孫ともう一度、遊びたかったのか――)

Fさんがそう思った直後、廊下からしわがれた声が聞こえてきた。

「もう――いいよ」

響洋平

Yohei Hibiki

クラブDJ、ターンテーブリストの傍ら、実話怪談蒐集家としてクラブ怪談イベント「アンダーグラウンド怪談レジスタンス」「渋谷怪談会」「恵比寿怪談会」等をプロデュースするほか、オカルト系トークライブ、TV番組、映像作品への出演など、その活動は多岐にわたる。

裏山

「幽霊ですか？　俺、信じてます。昔ちょっと変な経験したんですよ」

東京青山のクラブで共演したＤＪのＦさんという人がいる。三十代後半の男性で、酒と音楽を愛する陽気な人だ。そんなＦさんが体験したという奇妙な話を聞かせてくれた。


Ｆさんは十五歳の時、Ｘ県Ｓ山にある全寮制の高校に入学した。

そこは四方を山と森に囲まれた陸の孤島のような場所にある高校で、Ｆさんいわく「どうしようもない不良が更生のために入れられる施設のような場所」という側面もあったようだ。校則は厳しく、違反者には厳格な生徒指導が行われていたという。つらい寮生活に耐えられなくなり、脱走する生徒も稀にいたそうだ。

Ｆさんも厳しい寮生活に辟易《へきえき》としてはいたが、もともと人付き合いが得意な性格もあり、気心の知れた友人も出来て、それなりに卒なく学校生活を送っていた。

夏休みを目前に控えた初夏の頃。

寮の食堂で夕食を食べ終えた後、悪友のA君と『二人でこっそり寮を抜け出して裏山で煙草を吸おう』という話になった。

寮の南東にある塀の角は、寮長室や職員室から死角になっており、裏山の森にも近い。すでに何度か抜け出した経験もあった二人は、その塀の外側で待ち合わせしようという策を立てた。

二十一時。Fさんは待ち合わせ時間になったので、そっと部屋を抜け出し、南東の塀を乗り越えて外に出た。するとそこにはすでにA君が待っていた。

「誰にも見られてないよな?」

「職員室に電気が点いてたけど、こっちは見えてないから大丈夫」

小声でそんな会話をした後、二人は静かに裏山の森へ向かって歩き始めた。

二人とも懐中電灯を持ってきてはいるが、寮の近くで灯りが点くと見つかってしまうため、ある程度森の奥に入るまでは灯り無しで進まなければならない。

空には満天の星空が広がっている。

静かに響く虫の声と初夏の夜風が心地良い。

漆黒の森の中、目が慣れてくると木々の間から溢れる月明かりが山道をわずかに浮かび上がらせているのが見えた。

しばらくして、Fさんは隣を歩くA君に話しかけた。

「そう言えばお前、夏休みはいつ実家帰るの?」

「帰らねえよ」

「なんで? 親と喧嘩でもしたのか?」

「……帰らねえよ」

A君がぶっきらぼうにそう言うので、Fさんは『ちょっと触れちゃいけないことを訊いたかな』と思ったそうだ。家庭環境に少し問題を抱えているのかもしれない。

「まあそう言うなよ。ここにいたって面白いことなんて何もないから。夏休みくらい実家に顔出せよ」

「帰らねえよ」

Fさんは取り繕うようにそう言った。

「……」

「帰らねえよ」

「わかったよ。じゃあ俺んちでも遊び来るか?」

そう言ってFさんは煙草を咥え、もうそろそろライトを点けても大丈夫だろうと思い、右手に持っていた懐中電灯のスイッチをかちりと押した。

ふっと闇の中に光が灯る。

目の前に、林の木々がぼんやりと丸く切り取られたように浮かび上がった。

「俺、帰らねえよ」

相変わらずA君がぼやいている。

「もういいよ。違う話しよう」

そう言ってFさんは隣にいるA君を見た。

——誰もいない。

Fさんは咄嗟にあたりを見回した。懐中電灯の光が素早く動く。

周りには照らし出された林の木々と、その奥深くに広がる森の闇しかない。

その瞬間だった。先程までA君が居た場所。

——いや、居たであろうと思っていた場所から低い男の声がした。

「帰らねえよ」

Ｆさんは凍りついた。どうして気が付かなかったのだろう。

おそらく二人しか居ないという思い込みがあったのかも知れない。

すぐ隣から聞こえるその声は、最初からずっと、Ａ君の声ではなかった。

「かえらねえよ」

「かえれねえよ」

「かえれねえよ……」

「かえれねえよ……」

立て続けに発せられる男の声が、こちらに向かって近づいて来た。

受け入れ難い現実を認識することに思考が追いついていない。

その時、Ｆさんははっきりと見た。

懐中電灯の光の先。

林の木々のすぐ手前に、車が放置されている。

雨風に晒され、所々赤黒く錆びついた軽自動車で、枯れ果てた落ち葉がボンネットの上に散乱している。

その窓という窓の隙間には、びっしりとガムテープが貼り付けられていた。
絶句したFさんのすぐ耳元で。

——もう、かえれねえんだよ。

はっきりと、息遣いまで感じ取れるほどに鮮明な男の声が聞こえた。
蓋をしていた感情が一気に爆発したように、凄まじい恐怖が込み上げてきた。
気が付いたらFさんは反射的に全速力で元来た道を走っていた。

後からA君に訊いた話によると、A君は森に入る手前までは一緒に歩いて来ていたらしい。ただ、煙草を忘れたことに気付き、すぐに引き返して寮に戻ったそうだ。
A君は「俺、ちょっと煙草忘れたから取りに帰るわ」と言ったそうだが、F君にはそう言われた記憶はない。煙草を持ったA君は再び森に入ったそうだが、Fさんが見当たらなかったため一服だけして帰ったという。

その年の夏が終わった頃、裏山の森で排ガス自殺で亡くなった遺体が発見されたという事実を知ったのは、だいぶ後のことだった。

Fさんは未だに、森で聞いたその男の声が記憶の中にはっきりと残っているという。

「幽霊を見たことはないんですけど、死んだ人の声は俺、聞いたんすよ」

そう言ってFさんは、片手に持ったビールを飲み干した。

路線

クラブイベントの企画を担当している亜矢さんという女性がいる。

年齢は三十代後半。とても明るい性格で、立派に子育てをしながらも週末にはクラブへ足を運び、イベント企画の仕事も次々にこなしているエネルギッシュな人物である。

そんな亜矢さんが二十歳の頃に体験したという奇妙な話を聞かせてくれた。


当時、亜矢さんはモデルの仕事をしており、忙しく都内を動き廻っていたそうだ。

平日の朝夕は通勤ラッシュで混雑するS駅だが、土曜の午後はさほどでもない。駅のホームには休日を楽しむ家族連れや、気だるそうに電車を待つサラリーマンが並んでいる。

しばらくすると電車の到着を知らせるアナウンスが流れ、ホームに電車が走り込んで来た。

車内を見ると、何人かの人が吊り革を持って立っているが、混雑している様子はない。電車のドアが開き亜矢さんが車内に入ると、すぐ目の前の座席が空いていたのでそこに座った。

都内の電車は混雑時にスペースを確保できるよう、ほとんどがロングシートと言われるタイプの座席配置になっている。車両の左右の側窓を背にして、通路を挟んで向かい合うように長い椅子が設置されている。

亜矢さんが座った座席は車両のちょうど中心付近のドアのすぐ脇。

左側には新聞を読むサラリーマン、正面の椅子にはカップルや家族連れが座っていた。


電車が発車して間もなくのことだった。

亜矢さんが下を向いて何気なく携帯電話のメールをチェックしていると、突然、キーンという耳鳴りが聞こえ始めた。

そして、自分の周りの空気がスッとまるでテレビのチャンネルを変えたかのように変化するのを感じたと云う。

本能的な危機を感じた亜矢さんは、ふと視線を上げた。

「……」

先程まで車内にいた乗客は、全員消えていた。

がらんとした電車の中。

いつの間にか耳鳴りは消えている。

窓の向こうは通り過ぎる景色が古い映画のように映っていて、ガタンガタンと電車が無機質に走行する音だけが遠い世界の出来事のように響いている。

先程まで居た人たちは何処にも見当たらなかった。

——なに、これ。

亜矢さんは驚いて周りを見渡した。

すると、車両の一番右側の端。

隣の車両へ続くドアの手前の座席に一人だけ、誰かが座っている。

よく見るとそれは小さな女の子だった。

十歳前後だろうか。両腕をだらりと垂らして無表情のまま前を見ている。白い着物を着ていて髪の毛は肩ほどの長さ。電車の揺れに合わせて微かにフラフラと揺れながら背中を伸ばして静かに座っていた。

――誰？

亜矢さんが戸惑っていると、その少女はくるりと顔をこちらへ向けた。

亜矢さんは射抜かれるようにその少女と目が合ってしまった。

その眼球は真っ黒に塗り潰した檸檬《れもん》のように、底のない暗闇だった。

その顔は今思い出してもぞっとする程に冷酷で青白く、生きている人でないことだけは確実にわかったと云う。

亜矢さんは全身凍りつくほどの恐怖を感じ、頭の中がパニックになった。

――逃げなきゃ。

そう思ったが、何故かその少女から目が離せない。するとその少女は、こちらを見たままゆっくりと細い左腕を上げ、亜矢さんを指差した。

そしてそのまま、にやりと口元を裂いた。

亜矢さんが絶句した次の瞬間。

「ぎぎぎぎぎ…あああああああああああ！」

大勢の人の呻《うめ》き声が、轟音となって車内に鳴り響いた。

その直後、左の方からバタバタバタバタと地響きのような凄まじい音が聞こえてきた。

亜矢さんが咄嗟《とっさ》にその方向を見ると、前面の窓ガラスの左から、無数の手が外側から叩き付けられるように現れ始めた。

それらは左から右へ、侵食するようにベタベタと次々に現れる。

皺《しわ》だらけの老人の手。

幼い子供の手。

痩せ細った女性の手。

傷だらけの男性の手。

瞬《また》く間に前面の窓ガラスは大量の手形で埋め尽くされた。

少女を見ると、なおもニタニタと嗤いながらこちらを指差して座っていた。

その白い歯と黒い眼球が焼きつくように視界に残った。

心臓が凄い勢いで早鐘を打っている。

勢いを増す呻き声は凄まじい不協和音となって鼓膜を襲い続けている。

少女は不規則に肩を震わせながら、こちらを見て、嗤《わら》っていた。

「お願い！　やめて！」

亜矢さんは頭を抱えてうずくまった。恐怖のあまり気付いたら泣いていた。

「お願いです。やめてください。もうやめてください！　私は何もしてないのに！」

ぎゅっと目を閉じたまま必死で何度も何度も祈り続けた。

しばらくして、亜矢さんは電車が止まったことを体の揺れで気付いた。

電車のドアが開く音がしたので、亜矢さんは逃げるように電車を飛び出した。

――ゆっくりと正常な聴覚が戻ってくるのを感じる。

ざわざわと人の居る温かい気配を感じて目を開けると、次の駅のホームだった。

咄嗟に後ろを振り返ると、先程まで自分が乗っていた車両は乗車した時と同じ元の姿に戻っていた。

亜矢さんはしばらくの間、震えが止まらずホームに立ち尽くしてしまったという。


後日、どうしてもその異常な体験が頭から離れなかった亜矢さんは、その路線の近辺の土地の変遷を調べてみたそうだ。

その路線が走っている場所には、かつて多数の墓地が点在していたことがわかった。

すぐ近くには江戸時代初期より数十万人の罪人が処刑された刑場の跡地が在る。

土地の記憶というものが、こんな形で現れるということが本当にあるのだろうか。
その少女は一体何を伝えようとしていたのだろうか。
その因果について明確な答えはない。
ただ、亜矢さんはそれ以来その路線を使うことをやめた。

空腹

「私、響さんのこと知ってますよ。『クラブＤＪ界の怪談紳士』って。ネットにそう書いてありますよね」

まさかここでこんな話題になるとは思っていなかったので、私は驚いてしまった。

この人は何故それを知っているのだろう。

「あ、どこかのまとめサイトですよね。実はＤＪの他に怪談噺家《はなしか》もやっているんです」

自分のことを『噺家』と言うのは語弊があると思い躊躇してしまったが、一般的には一番わかりやすい表現かと思い、私は丁寧にそう答えた。


公務員のＳさんという男性と話をしていた時のことだ。

ある公務の執行に関して事情聴取を求められた際に、突然そのような会話になった。

詳細は割愛するが、例えるなら職務質問をされた時のような状況である。当然、公務に関する話なので冗談を言うような雰囲気ではない。

「響さん、いろいろと活動されているんですね」

「そうなんですよ。好奇心が強いんでしょうかね」

Sさんの年齢はおそらく五十代前後だろうか。優しそうな顔つきだが、時折見せる眼光は鋭く、切れ者といった印象もある。私は少し微笑んで言葉を続けた。

「ちなみにSさんは、幽霊って見たことあります？」

話の流れから軽い雑談のつもりで投げかけた言葉だったが、意外にもSさんは口元を軽く結んで少し真剣な表情をしながら、ゆっくりと腕を組んだ。

「響さん。私ね、幽霊は信じているんです。この目で見たんですよ。昔……」


三十五年ほど前のことになる。

Sさんは千葉県某所の中学校に通っており、柔道部に所属していたと云う。

その柔道部では、毎年夏に合宿として学校の柔道場で一週間寝泊まりしながら練習をするという行事があった。

ある年の夏。

合宿が始まって数日が経った頃。夜中にSさんはお腹が空いて目が覚めてしまったそうだ。育ち盛りの少年にとって空腹はつらいものである。

消灯後の体育館。柔道場の畳の上では、二十人ほどの部員が布団を敷いて眠っている。

暗闇の中で、Sさんはむくりと起き上がった。

「夕飯のカレー、確かまだ残ってたよな……」

カレーがまだ家庭科室の調理台の上に残っていることを思い出したSさんは、

「少し食べよう」

こっそりと布団を抜け出して静かに柔道場を出た。暗い校舎の長い廊下をしばらく歩く。ヒタヒタという上履きの微かな音だけが廊下に響いている。

程なくしてSさんは家庭科室に着いた。

入り口の引き戸を開けて、Sさんは電気を点けようとすぐ横の壁にある電気のスイッチをカチリと押した。

電気は点かない。

「壊れたのかな？」

そう思ってカチカチと何度かスイッチを押してみたが、電気は点灯しなかった。

幸いにも非常口の緑の灯りが室内を薄く照らしており、少し目が慣れてくると机や食器の配置もシルエットとして認識できる。空腹を満たすことが最優先だったSさんは、とりあえず電気を点けることは諦め、教室の中に入った。

暗い中を調理台まで進み、ガスコンロに乗っている大きな鍋に入ったカレーを温め始めた。軽く温まったところで火を止め、調理台にある炊飯器のご飯を丸い皿によそう。

その時だった。

——カラン。

教室の隅から、何かが床に落ちる乾いた音が聞こえた。

Sさんが目をやると、数メートル離れた床に木製の杓文字《しゃもじ》が落ちている。

そしてそのすぐ傍に何やら黒い塊のようなものがうずくまっていた。

「……なんだ、あれ」

Sさんは目を凝らしてそれを見た。

それは、床に膝をついて座っている戦時中の日本兵だった。

背中を丸めて、力なくその場にかがみ込んでいる。

埃にまみれてボロボロになった軍服。痩せこけた頬。生気のない陶器のような瞳。

非常口の灯りに照らされたその男の顔は、錆び付いた銅のような薄い緑色をしていた。

額から一筋の血が垂れている。

しばらくの沈黙の後。

その男はまるでスローモーションのようにゆっくりと細い右手を前に出し、床に落ちている杓文字に手を伸ばした。

枯れ枝のように痩せた右手の指が、杓文字を掴む。

そしてまたゆっくりと、今度は左手を腰元にある鞄へと動かした。

男は鞄から飯盒《はんごう》を取り出し、それを自分の前まで持ってくると、右手の杓文字をその中へ差し込んだ。その手は微かに震えている。

コツリ……と静かに音がした。次の瞬間。


カタカタカタカタカタカタカタカタカタ！

男は凄い速さで飯盒の中を杓文字で刮《こそ》ぎ、自らの口へ掻き込み始めた。

よほど空腹だったのか、鬼気迫る勢いで食べ物を口に運ぼうとしている。

しかしその乾いた音を聞く限り、飯盒の中に食糧は入っていない。

空の飯盒を必死に杓文字で刮ぎ、何度も何度もそれを口に掻き込み続けている。

Sさんは絶句してその場に凍りついてしまった。


カタカタカタカタカタカタカタカタカタカタカタカタ！


男は機械のようにただひたすら同じ動作を繰り返している。

そして突然、ピタリをその動きを止めた。

水を打ったような静寂。

そしてその男は、

――ゆっくりとこちらを見た。

Sさんは、心の底から絶叫した。

教室を飛び出し、全速力で柔道場まで走った。寝ているみんなを叩き起こして話をしようとしたが、深夜のこと、誰一人としてまともに話を聞いてくれる者はいなかった。

翌朝、Ｓさんは昨夜のことがどうしても頭から離れず、陽が昇ってからもう一度ひとりで家庭科室へ行ってみることにしたそうだ。

教室に入り、試しに電気のスイッチを押してみると、何事もなく電気は点いた。故障はしていない。

調理台の上には昨夜Ｓさんがご飯をよそった皿が置かれている。近づいて見ると、皿の中は僅かに米粒がこびり付いているだけで、まるで誰かに食べられた後のように何も入っていなかった。

Ｓさんは恐る恐る教室の奥へと進み、昨夜負傷兵が座っていた場所を見た。

床には杓文字が一つ落ちている。

その杓文字の傍には、カビが生えて乾燥した茶碗一杯ほどの米の塊《かたまり》が落ちていた。何十年も放置されたかのように干からびて固くなった米の塊が、何故そこに落ちているのだろうか。Ｓさんは訳が分からず混乱したまま教室を後にした。

「先生、信じてもらえないかもしれないですが……。昨日の夜、僕見たんです」

Ｓさんはその日の練習が終わった後、思い切って顧問の先生に昨夜の話をした。

その先生は学校の教頭を務めており、強面で厳格な所もあったが、いざという時は親身になって生徒の相談を聞いてくれる先生だった。

最初は誰も信じてくれないだろうと思っていたが、時間が経つにつれてその異常な経験を自分ひとりの心に留めておくことが恐ろしくなってきた。

——僕は気が狂ってしまったのだろうか。それとも本当に幽霊を見たのだろうか。

Sさんは不安に耐えられなくなり、意を決して信頼している顧問の先生に伝えようと思ったのだ。

先生はSさんの話を黙って聴いてくれた。

一部始終を聴き終えた後、先生はSさんの顔をじっと見ながら口を開いた。

「見たのか。……お前も」

先生が言うには、その中学校は一九四五年の戦争末期に南方から帰還した負傷兵を収容する仮設病院になっていたそうだ。大勢の負傷した日本兵が、痛みと餓えに耐えながら次々と亡くなっていった悲しい歴史を持つ場所だったと云う。

先生自身もこの学校でかつて、傷ついた日本兵の霊を見たことがあるそうだ。

「響さん、幽霊って本当にいるんですよ。私は信じます」

Sさんは真剣な表情で、自身の体験談を記憶を紡ぐように語ってくれた。

「とても貴重なお話ですね。聴かせていただいてありがとうございます」

私はSさんへ丁寧にお礼を言った。やはり霊体験という常識では捉え難い経験をされた方の語る言葉には深い重みがある。怪異という事象の輪郭は人によって様々な解釈もあるが、体験それ自体はまぎれもない事実だ。

「この話、よかったら使ってくださいね」

そう言うとSさんは、少し嬉しそうに微笑んだ。

薬指

Nさんという男性が二十代前半の頃に体験した話である。

Nさんは当時ピザ屋の配達員のアルバイトをしていた。

ある日、仕事の合間に控え室でバイト仲間の友人数人と談笑していたそうだ。他愛もない世間話で盛り上がっていた時、突然、頭の中に軽い衝撃を伴って何かを差し込まれるような違和感を覚えた。

次の瞬間。

目の前にいたバイト仲間が全員消えてしまったという。

まるで瞬きをしたその一瞬に、全員が掻き消されたように蒸発してしまった。

――なにこれ？

もぬけの殻になってしまった控え室でたったひとりNさんが驚いていると、突然右側から金属を擦るような音が聞こえた。

「ぎぃぃいい……ああああ！」

金切り声のような絶叫にも聞こえたが、それは怒り狂う女の声だった。

何を言っているのかまったくわからない。それは日本語ではなく、どの国の言語でもない言葉に思えた。ただ、凄まじい怒りの感情が声のトーンに滲み出ている。

意味は不明だが、とにかく圧倒的な怒りがその声には込められていた。

鬼気迫る罵声と怒鳴《どな》り声。

食い縛るような呻《うめ》き声。

そして怒号。

Nさんは恐怖のあまりぐっと目を閉じた。

耳のすぐ傍で、激昂する怒りの感情が猛火の如く塊《かたまり》となって激突してくるようだった。

その声は相変わらず続いている。

いや、むしろ徐々に声量が大きくなってきている。

——やめてくれ！

Nさんが震撼して頭を抱えたその時。

ぷつりとその声が止んだ。

……。


ゆっくりと目を開けると、元の通りバイト仲間たちが目の前に座って談笑している。

何事もなかったように時間が流れているようだった。

「おい」

Nさんがそう言うと、そこにいた全員が驚いてNさんを見た。

Nさんは震える声を必死に抑えながら言葉を続けた。

「俺……いま何してた?」

「え、何もしてないけど……」

友人たちは不思議そうにNさんを見る。

すると突然、そのうちの一人が「うわっ!」と小さな声で叫び、驚いた表情で目を見開くと、立ち上がってNさんを指差した。

「お前!　その指……どうした?」

Ｎさんは咄嗟に両手を見ると、驚いて絶句してしまった。

左手の薬指だけが異常なまでに腫れ上がり、ふた回りほど太く歪《いびつ》な形になっていた。

「左手の薬指というのがどうも気になるんですよね。その女、俺を誰かと間違えてたんでしょうか……」

その声は今でもＮさんの脳裏にはっきりと焼き付いているという。

後にも先にも、その女の声を聞いたのはその一度だけだったそうだが、Ｎさんはいつまたその声が現れるかと思うと恐ろしくなり、バイトを辞めた。

和室

「響さん、この子たち怪談好きみたいだよ。怖い話あるみたいだから聞いてみたら？」

都内某所にある小さなバーで呑んでいた時のことである。その店の女性マスターが突然、声を掛けてきた。彼女は私が怪談蒐集をしていることを知っているので気を利かせてそう言ったのだろう。

見るとバーカウンターの奥の端に二人の女性が座っている。

年齢はどちらも三十代半ばくらいだろうか。マスターの友人らしい。

「私、中学の頃に白い煙のような人影を見たんですよ。それ以来、霊感みたいなものがあって、何かと不思議な目に遭うんです」

手前に座る恵子さんは、そう言うと自身の体験した奇妙な出来事を話してくれた。

恵子さんが二十歳の頃。

年末年始の休日を都内の実家で過ごしていたのだが、特にやることも無く、暇を持て余していたという。親しい友達も何人かいたが、正月休みに実家から呼び出して遊びに連れ出すのも少しはばかられる。

そんな時、『彩さん』という友人が数ヶ月前に実家から引っ越したのを思い出した。彼女は神奈川県某所のアパートに、彼氏と彼氏の男友達四人と、合計六人でルームシェアをして暮らしていた。「暇ならいつでも遊びにおいで」と彩さんから言われていたので、さっそく恵子さんは彼女に電話をして、家に遊びに行かせてもらうことにした。


一月二日。夜二十時頃。

恵子さんは神奈川県T駅で彩さんと待ち合わせをした。改札を出たところで彩さんと合流し、とりあえず近くのファミレスで夕飯を食べることにした。

「実はさぁ、今住んでるアパートなんだけど、ちょっと気味悪いんだよね……」

食事をしながら唐突に彩さんがおかしなことを言い始めた。

「和室がみんなの寝室になっているんだけど、あの部屋で寝るとずっと誰かに見られている気がするの。だからなかなか眠れなくて……」

彩さんが暮らすアパートには、『人の気配』という言葉で片付けるには済まない程に、住人以外の何者かの存在をはっきりと感じることが多々あるという。特に和室で寝る時にそれは顕著であり、気持ち悪くてなかなか寝付けないそうだ。

「一緒に暮らしてるみんなには絶対に言わないでね。お願い！」

彩さんは少し困った顔をして手を合わせながら恵子さんにそう言った。

——今からそこに行くのに変なこと言わないでよ……。

恵子さんは内心そう思ったが、さすがに今から帰る訳にもいかず、彩さんの暮らすアパートへ向かうことにした。


そのアパートは、住宅街を外れた林の中にぽつんと建てられた物件だった。

二階建ての古いアパートで、各階に二部屋ずつしかない。彩さんの住む部屋は二階の奥にあったが、それ以外の部屋には誰も住んでいないと言う。築年数はかなり古い。

微かに明滅する外廊下の常夜灯が、外界の闇からこの場所を隔離するように、ぼんやりと通路を照らし出していた。鉄骨の階段は錆びついていて虫の死骸や埃で汚れている。

「どうぞ」

彩さんが玄関のドアを開けて中に案内してくれた。

元々少し霊感のあった恵子さんは、玄関に入った途端に軽い吐き気が込み上げてきた。

――ここ、やっぱりまずいかも……。

一瞬、捉《とら》え所のない不安が脳裏をよぎったが、恵子さんはあえて何も考えないように努めた。

玄関を上がると正面に廊下が伸びている。廊下の右側には台所が設定されていて、突き当たりが洗面所と浴室になっていた。左側には部屋が二つ配置されている。手前が洋室で、奥が和室。それぞれ六畳ほどの広さで、二つの部屋は襖で仕切られている。

恵子さんが洋室に入った時には、住人の男性五人がテレビを見ながら談笑していた。

「友達の恵子。一晩泊まりに来たからよろしくね」

彩さんが愛想よく紹介してくれた。同居人の男性は皆とても気さくな人たちで、お酒を飲みながら様々な話題で歓談が進み、恵子さんもすっかり打ち解けて楽しく呑んでいたという。

しばらくして恵子さんは何気なく和室の方を見た。

襖が十センチほど開いていて、奥に闇が見える。

「ちょっと和室の部屋見せてね」

恵子さんはそう言うと、左手で襖をすっと開き、和室の中を見た。

布団が無造作に積まれており、幾つかの衣類や荷物が壁に寄せて置かれている。

──何、ここ！

まず恵子さんが感じたのは、寒気だった。

確かに冬ではあるが、洋室に比べて異常なほどに寒い。外気の温度が低いというよりも、体の内側から悪寒が込み上げてくるような奇妙な感覚だった。

強烈に人の気配を感じる。

視覚的に何かが見える訳ではないが、すぐ傍に何者かが立って居て、こちらをじっと観察しているような現実感のある恐ろしさを覚えた。

「ちょっと本気でやばいじゃん、ここ……」

恵子さんは小さく呟くと、逃げるようにすぐ洋室に戻り、襖をぴたりと閉めた。

──今夜はこっちの部屋でみんなと朝まで呑んで、始発で帰ろう。

恵子さんは、そう心に決めた。

深夜二十四時を過ぎた頃。

「ちょっと疲れてきたから少し横になってくるね」

突然、彩さんがそう言うと、彼氏と一緒に和室の部屋に入って行った。

恵子さんは少し気になったが、彼氏と二人だから大丈夫だろうと思い、相変わらず呑みながら談笑を続けていた。

テーブルの上には次々とビールや酎ハイの空き缶が並んでいく。

夜が更けてからも近隣に住人は居ないので、気兼ねすることなく歓談は続いていた。

一時間ほど経った頃だろうか。

「ねぇ、彩。大丈夫？　ちょっと開けるよ」

恵子さんは少し心配になって、和室の襖を開けた。

和室の真ん中に布団を敷いて彩さんが仰向けに寝ている。その横には彩さんの彼氏が肘をついて添い寝をするように横になっていた。心配そうに彩さんの顔を覗き込んでいる。

彼氏は恵子さんと目が合うと、小さな声で囁くように呟いた。

「……もう、だめだ。やばいことになってる」

「どうしたの？」

「わからない。でも、やばいことになってる……」

咄嗟に恵子さんは彩さんの顔を見た。

彩さんは白目を向いて涎《よだれ》を垂らし、ガクガクと引き付けを起こしながら痙攣《けいれん》している。

「ちょっと！　彩、大丈夫？」

恵子さんが驚いて枕元に駆け寄ると、彩さんの目の焦点がすっと元に戻った。

「……ああ、恵子？　うん、大丈夫。……大丈夫だよ」

彩さんは静かにそう言って一瞬だけ恵子さんを見たが、また直ぐに「ううう……」

と、白目を剥いて再びガクガクと痙攣し始めた。

「さっきからずっとこんな感じなんだよ」

彩さんの彼氏がそう言った。

「とりあえず直ぐにこの部屋から彩を出さなきゃ」

恵子さんは語気を強めてそう言った。

「みんな手伝って」

そう言って全員で彩さんを抱えて洋室の方へ引き摺り出そうとした。

その直後――。

「ぎゃぁぁあああああああ！」

彩さんが割れんばかりの大声で絶叫した。

「出たくない！　この部屋から出たくない！　出たくないの！」

白目に歯を剥き出しにして、彩さんは獣のように暴れ始めた。

「お母さんに会いたい！　お母さんのそばに居させて！　お願い！」

凄まじい力で恵子さんの腕を振り解こうとしている。

――この部屋に何かいる。

恵子さんは、咄嗟にそう感じた。

同居人の男性らは突然の異変に驚きを隠せず、真っ青になって動揺している。

恵子さんは危険を感じ、さらに強い口調で皆に言い放った。

「いいから彩をこの部屋から出して！」

全員で布団ごと彩さんを抱えて洋室に運び込んだ。

その間も彩さんは、両手両足をバタバタと振り回しながら意味不明な言葉を叫び続けている。ドサリと彩さんを布団ごと洋室に入れると、恵子さんは急いで和室の襖をぴしゃりと閉じた。

「嫌だ！　嫌だ！　そっちに行かせて！　お母さんの所に行かせて！」

激しく身をよじらせて彩さんが暴れている。

喉が潰れそうなほどの金切り声を発しながら、彩さんはなおも両手の爪を立てて床を引っ掻きながら、和室の方へ向かおうとしていた。

全員で彩さんを取り押さえる。

「ぎぎぎぎぎぎぎ……」

彩さんは呻きながら凄まじい形相で和室の方を睨みつけている。

「どうしてみんなわかってくれないの！」

ガシャン！　と床に置かれた飲料の缶を弾き飛ばしながら、両腕を振り回して抵抗する彩さんを、恵子さんは必死に押さえつけた。

「私は……私はお母さんの所に行きたいの！」

――これ、彩じゃない。

恵子さんは、普段、彩さんが自分のことを『彩』という一人称で呼んでいることを知っている。決して自分のことを『私』とは呼ばない。その時点で、恵子さんは、確実に別の何者かが彩さんに取り憑いていることを確信したという。

――だとしたら、無理に抵抗しちゃいけないのかも。

恵子さんは直感的にそう思い、なんとか宥《なだ》めてみようと試みた。

「わかった。わかったよ。そうだよね。お母さんの所に行きたいよね。悲しいよね」

「うん。そうなの。悲しいの……」

彩さんは、子供のように嗚咽《おえつ》しながら言った。

「とりあえずここでしばらく休もう。朝になったら楽になるから」

「……」

少しずつ彩さんの抵抗する力が弱まってきた。恵子さんは、なおも宥め続ける。

やがて彩さんは静かになり、ぴたりと動くのをやめた。

無表情でぼんやりと和室の方向を見ている。

……そして。

彩さんがスーッと和室の方向を指差した。

「あそこにお母さんが居る」

「えっ？」

「あそこにお母さんが居るよ」

突然、彩さんが表情を豹変させ、再び大声で叫ぶように言った。

「ほら！　あそこにお母さん居るじゃない！」

誰一人、言葉を発することができなかった。

「どうしてみんなわからないの！　ねえ！」

全員が目の前の異常な事態に震え上がり、呆然として硬直している。

とうとう一人の男性が我慢できなくなったのだろう。緊張の糸がぷつりと切れたように突然立ち上がった。

「誰も居るわけないだろ！　もういい加減にしろよ！」

彼はそう叫ぶと、バタン！　と和室の襖を全開に開けた。

そこには――。

白い着物を着た女が立ってこちらを見て居た。

誰かが絶叫した。

震えながら後ずさる者。

恐怖に放心する者。

目を閉じて頭を抱える者。

混沌とした怪異の現場が、そこには在った。

――いや、女が立って居るように見えただけなのかも知れない。

あれは、気のせいだ、と恵子さんが次に視線を上げると、和室の隅には、陰湿な闇が澱んでいるだけだった。


恵子さんは未だにあれが気のせいだったのか、本当に幽霊を見てしまったのか、自分の認識を信じることが出来ないそうだ。

その後、暴れ続ける彩さんを全員で押さえつけながら、恵子さんは朝まで必死に彼女を宥めた。明け方、陽の光が部屋に差し始めた頃、やっと彩さんの動きは収まった。

彩さんには、その一晩の記憶が一切無いという。

恵子さんは言うまでもなく始発で帰ったそうだ。

その後、恵子さんは直ぐに彩さんを知人の霊媒師に紹介し、お祓いに行かせた。

「今回はなんとか助かって良かったけど、次回、あなたがその部屋で同じような経験をしてしまったら……次はあなた、殺されるよ」

霊媒師が言うには、そのアパートの部屋には過去にそこで亡くなった何者かの強い霊が居着いているという。

しかもそこは『霊道』と呼ばれる霊の通り道になっているらしく、浮遊霊が次々とその場所に集まってきているそうだ。

彩さんは、程なくしてそのアパートを出て、実家に帰ったという。


「響さん、私、目の前で友達が取り憑かれたの、初めて見ちゃったんです」

恵子さんはそう言うと、手元のビールを飲んだ。

「それ、凄い話ですね……その友達、その後は無事だったんですか？」

私がそう言うと、恵子さんは微笑んだ。

「響さん、その友達っていうのが、実はこの子なんです」

恵子さんはそう言うと、隣に座っている女性を指差した。

「あ、どうも。彩です！」

隣の女性はにこりと微笑んで、私に会釈をしてくれた。

視界

先に私が『和室』という題で執筆した怪異談は、恵子さんという女性が友人の住むアパートを訪れた際に、その友人が何者かに憑依されたという体験談である。恵子さんからその話を聞いた時、その場に居たもう一人の女性が憑依された当事者の『彩さん』本人であり、彼女からもそのアパートにまつわる話を聞かせてもらうことができた。

彩さんがそのアパートに住むことになったのは、当時交際していた彼氏とその男友達数人が共同生活をしようという話になったことがきっかけだったという。ちょうど実家を出たいと考えていた彩さんがそこに便乗する形で居候することになったそうだ。

引っ越し初日。

彩さんは、彼氏と一緒に荷物を積んだレンタカーでそのアパートに着いた。

「さすがにここで六人暮らしはちょっと狭いかな」

部屋の間取りを見て彩さんは少しそう思ったが、初めて親元を離れた嬉しさと、彼氏と一緒に暮らせるという高揚感が心の大部分を占めており、そんな不安はまったく気にならなかった。

彩さんはまず洋室に入り、荷物を置いた。

「なかなかいい部屋だね」

そう言うと、洋室と和室を仕切る襖に手を掛け、スッと開けた。

その時、彩さんは驚きの余り凍りついてしまったという。

「この部屋……。見たことある」

和室へ入る襖を開けた時、彩さんは強い既視感を覚えた。

六畳ほどの和室。色褪せた壁の質感。磨りガラスの窓。古い畳の色。

確実に見覚えのある光景だが、間違いなくここは初めて来る場所だった。

――どこで見た景色なんだろう?

彩さんはしばらくの間、その不思議な感覚に酩酊するように立ち尽くしてしまった。

「あの夢だ……」

それは彩さんがこのアパートに引っ越す半年ほど前の話だと云う。まだ引っ越しをするという話題すら出ていない頃。深夜、実家の自室で寝ていると不思議な夢を見た。

彩さんは、知らない和室の部屋にいる。

空気がとても淀んでいて、薄暗い。

磨りガラスの窓からは西日が微かに差し込んでいる。

和室の中心には、二人の人物がこちらを向いて正座をしていた。

一人は白い着物を着た女性。

年齢は三十代くらいだろうか。両手を前に重ねて背筋を伸ばして座っている。

その右隣には紺色の服を着た短髪の幼い少女。

何かに怯えるような様子で、足の上に両手をぐっと握り締めた形で置いていた。

二人は沈黙したまま、じっとこちらを視ている。

着物の女性がぐっと目に力を入れた。そのままスーッと首を前に動かし、口を開く。

「……」

女性が何かを言いかけた。その直後――。

彩さんは目が覚めた。

――何？　この夢……。

見たこともない和室に女性と子供が座っている。ただそれだけの光景だが、彩さんは妙な恐怖感に襲われていた。冷や汗が肌着に滲んでいるのがわかる。

古いフィルムの映画のような、ざらついた質感の映像。

とても印象的な夢だったので、焼きつくようにそれが脳裏に残存していたという。

そしてその半年後。

引っ越し先のアパートで彩さんが見た和室は、夢で見た部屋そのものだった。


アパートでの生活が始まってから一ヶ月程した頃。

同居人の男性のうち数人が「和室で子供の声が聞こえる」と言い始めた。和室は主に共同の寝室として使用していたが、彩さんも確かに嫌な気配を感じていたという。

ただ、他の住人は「きっと気のせいに違いない」と、あまり気にしている様子はなかった。

ある日。

彩さんは急遽仕事が休みになり一人で家に居ることがあった。同居人は全員外出していて誰も居ない。正午を過ぎた頃、彩さんは一人で和室の掃除をすることにした。

散らかっている荷物を片付け、押入れの整理をしていた時、彩さんは使っていない天袋の襖を開けた。

中には何もない。ふと上を見ると、天袋の天井に張られている板が少しずれている。

その隙間から、天井裏の暗闇が見えた。

なぜか彩さんは、その天井裏がとても気になったと云う。

「何だろう……」

彩さんは手を上に伸ばし、天井の板に指を掛けた。

スッと、その板を動かそうとした時。

——バタン!

と、家中に響き渡るほどの大きな音がした。

彩さんが驚いて身を縮めた直後。

ジリリリリリリリリリリリリ！

突然、和室の床に置いてあった目覚まし時計が鳴り響いた。

「ちょっと何！」

立て続けに起きた異変に、彩さんは飛び上がるほど驚いた。

慌てて目覚まし時計を止めたが、こんな時間にアラームを設定した覚えはない。

「……」

最初に聞こえた大きな音が気になり、彩さんは恐る恐る廊下に出た。

——閉まっていたはずの玄関の扉が全開に開け放たれている。

すぐ直前まで、その廊下に誰かが居たという存在感がはっきりと残っていた。

「ここ、本当に何かある……」

それ以来、和室に漂う異様な気配のようなものが強くなっていったと云う。


その年の大晦日。

友人の恵子さんから連絡があり、年が明けた一月二日に泊まりに来ることになった。

彼女がアパートに着いたのは日が変わる少し前。

家には彼氏を含む同居人がテレビを見ながら宴会をしていた。彩さんが恵子さんを皆に紹介すると、彼女はすぐに同居人と馴染み、皆で楽しく歓談を続けることになった。

深夜二十四時を過ぎた頃。

彩さんは、程よく酔いが回り、楽しく談笑していた。

すると突然……。キーンという強烈な耳鳴りが聞こえ始めた。

聴覚というより頭の中で何かが突き刺されるように鳴り響いている。頭が痛い。

引っ越してから初めての経験だった。頭痛と耳鳴りは徐々に酷くなってくる。

ぼそぼそと和室の方から小さな声が聞こえてきた。

「子供……？」

グラリと視界が傾く。

目の前に誰かがいる。焦点が合わない。白い着物……。


そこで、彩さんの記憶はぷつりと無くなっている。

次に気づいた時。

目を開けると、洋室の天井が見えた。仰向けに寝ている。

彼氏と恵子さん、そして同居人全員が心配そうに彩さんを見下ろしていた。

カーテンが開いていて、陽の光が差し込んでいる。

――朝……？

彩さんは、目と頬に大量の涙の跡があることに気づいた。

感情を大きく揺さぶられたような疲労感があった。

記憶がすっぽりと抜け落ちていて、理由のわからない不安が強く心を支配している。


後になって、彩さんは友人の恵子さんから、自分が夜中におかしくなって、訳のわからない言葉を絶叫し暴れていたという話を聞いた。

――自分以外の何かに自分を支配されるということは、とてつもなく恐ろしい。

ただ、記憶の中にはっきりと、かつて夢で見た白い着物を着た女の姿が残っていた。

その女は、朧《おぼろ》げな記憶の中で、寂しそうに自分のことを見ていたと云う。

彩さんは、直ぐにそのアパートを出て実家に戻ることにした。


三ヶ月後。

彩さんは、またしても不可解な夢を見たそうだ。

そこはあのアパートの和室。

目の前には閉じられた襖。下を見ると正座をしている自分の両足が見える。

それは、和室の真ん中に座って入口の襖を見ている視界の映像だった。映像はモノトーンで、ざらついた質感。気味の悪いノイズのような耳鳴りが頭の中に響いている。

突然、バタン！　と襖が開いた。

開かれた襖の向こうに、軍服のような作業着を着た中年の男が立っている。

顔は影に覆われていて表情は見えない。

男はつかつかと部屋に入って来た。——思わず後ずさる。

ふと右側を見ると、白い着物を着た女性が正座をして座っていた。

男はその女性に歩み寄り、突然、彼女の首を絞めた。

——うう……っ。

女性は凄まじい形相で苦しみ悶えている。

男の手を外そうと必死に首に手をかける。

しかし男の指は、さらにギリギリと女性の首を絞め付ける。

女性は両足をバタバタと動かし、もがき続けている。
男の顔は相変わらず影になっていて見えない。
しばらくして。
女性は、ぐったりとして動かなくなった。
男の手が離れると、それはまるで肉の塊のように、ばたりとその場に倒れこんだ。
男が、くるりとこちらを見る。
そして両手を前に突き出し、こちらに歩み寄って来た。
――次の瞬間。
目の前の映像が一瞬にして変わった。
今度は、開け放たれた襖の外側から和室の中を見ている光景。
畳の床に、二人の人物が姿勢を正して座っている。
白い着物を着た女性と、紺色の服を着た短髪の子供。
二人はこちらを向いて、静かに正座をしていた。
子供は何かに怯えるように、足の上に置いた両手をぐっと握り締めている。

この光景は、最初に見た夢だ。

それはまぎれもなく、昨年彩さんが初めて見た夢の光景そのものだった。

二人は無言のまま、じっとこちらを見ている。

そしてそれは——。

先ほどの男が見ている視界の映像だということがわかった。

そのことに気づいた直後、彩さんは凄まじい恐怖と共に目が覚めたと云う。


「それって、結局殺された親子と、殺した男の記憶っていうことですか?」

私は思わずそう訊いた。

「あまり思い出したくないんです。それ以降その夢を見ることはなかったんですけど、とにかく怖くて怖くて……」

彩さんは、正直にそう話してくれた。

彩さんがアパートを出た後、彼氏を含む同居人の男性らは、なぜか次々と鬱病のように塞ぎ込むようになり、程なくして全員仕事を辞めたと云う。

結局、誰も家賃が払えなくなり、最後には全員そのアパートを引き払ったそうだ。

ありがとう・ぁみ

ami（Arigato）

山口県出身。怪談最恐位「怪凰」の称号をもつ怪談家。MC、作家、脚本、演出、原作、ナレーションなどを手掛けマルチに活躍中。数々の番組やイベントで優勝。日本最大級の怪談エンタメLIVE「ありがとうぁみの渋谷怪談夜会」をO・EASTにて主宰。著書に『レイワ怪談新月の章』『レイワ怪談 半月の章』などがある。YouTube「怪談ぁみ語」毎週月金更新中。

モニターに映るトイレの影

普段、番組や全国ツアーで回るからか、怪談をいろんなところでお喋りさせていただいている。そして取材をしたり、心霊の噂のある現地へ向かったりもする。

そんな中、自身の体験談を聞かせてくださる方々もいる。

「ぁみさん、よかったら、僕の話なんですけど――」

そう言って聞かせてくれたのは、お世話になっている作家さんで天野さんという男性。

三十歳前後くらいの方なのだが、大学生の夏休みに、アルバイトをした時の話だという。

そのバイトとは、とある大きな企業ビルの警備員だった。

そのビルは二十階建てで、ビルの中に入っているいくつかの企業は、どこも基本的には夜八時には退社しなければならないという共通の決まりがあったらしく、八時を過ぎてビル内に残っている人はいなかった。

警備員としての天野さんの仕事は、まず、夜八時になると、先輩の警備員さんと二人一組で最上階の二十階まで上がる。

そして二十階のフロアを、廊下からトイレ、オフィスまで全部見て、人がいないのを確認して十九階に降りる。それを十八階、十七階……とワンフロアずつ確認しながら一階まで降りてくる。

八時を過ぎてすぐあたりは、フロアやトイレに人がいたりすることもたまにあるのだが、そういう時は「もう八時過ぎてるので、出てください」と促し、ビルから追い出すのである。

そんなある夜、いつものように八時過ぎに最上階に行ってから、各フロアを確認して残っていた人を追い出す仕事を終え、地下一階の警備員用の詰所（兼・休憩所）に戻ってきた。

ビルの中には監視カメラが何個も設置してあり、そのカメラの映像を映し出すモニターがこの部屋にズラッと並んでいる。

追い出しの仕事の後は、異常がないかとモニターを朝まで見ているのが仕事なのだ。

モニターをずっと見ていた、夜中十二時過ぎのこと。

とあるフロアの廊下の途中にあるトイレに黒い人影がすーっと入っていくのが見えた。

（あっ！）

天野さんは困った。人が残っていたのを見落としていたとなると自分が怒られてしまう。なので、すぐ近くにいた先輩警備員さんを呼び、

「先輩！　今このモニター見てたら、廊下のトイレに人影が入っていきました。ちょっと見に行ってきます！」

そう言うと先輩が、

「ああいいよ。そんなことはしなくていい。いい。いい」

と言うのだ。

「いや、でも影が入りましたよ！」

天野さんがそう言っても、

「いや大丈夫でしょ」

平然とそう言う。

「あ、そんなもんなんですか……」

たしかに、見回りの時にどのフロアにも人がいなかったことは確認しているし、もちろんモニターを見間違えた可能性もある。入ったばっかりの新人の分際で、先輩に頑なに主張するのも気が引けたので、

「わかりました」

そう言って、そのままその先輩と雑談をしていた。

夜勤なので、深夜一時二時になると交代で仮眠を取るのだが、先に先輩が仮眠室に入っていったので、天野さんは一人でモニターを見ていた。

すると、さっきと同じフロアのトイレへ、やはりまた黒い影がスーっと入っていくのが見えた。

（あ！　やっぱりそうだ）

そのフロアへ確認のために行くことにした。

館内は全部電気が消えているので、ちょっと大きめの懐中電灯を持ち、足下と前方を照らしながら詰所を出て階段でそのフロアへ向かった。

暗い廊下を歩きつつ、遠目で見つけて、

「ああ、あのトイレだな」

いざそのトイレの前に着いた。廊下との境目にドアがないタイプのトイレなので、廊下からトイレの中に向かって懐中電灯の明かりをパッと照らしたのだが、

「……あれ？」

真っ暗である。

普通、懐中電灯の強い光を向ければタイルも反射してトイレの中はよく見えるはずなのだが、なぜか光が遮断されたかのようになりトイレの中が真っ暗なのだ。

（全然、光が届かない……。なんでだろう）

怖がりそうなものなのだが、この天野さん、オバケや幽霊という発想がまったくないタイプなもので、ここで「怖い」という感覚が出てこない。なので（気になるしなあ）と思い、その真っ暗なトイレの中に（入ってやろう）と考えた。

その瞬間の感覚というのを、後に天野さんがこう言っていた。

「もうなんか吸い込まれる感じがして。これはもう入んなきゃいけない、自分が入らな

きゃ、そう思いながらスーって――」

光も遮断されている真っ暗なトイレに、入っていってしまった。


そのトイレの作りは、入って右側に個室が三つ、奥まであって、左側の奥に掃除道具入れと手前に男性用の小便器が並んでいる。

その、右側の三つある個室の一番奥のドアが閉まっているのだ。

ここの個室のドアは、中から鍵を閉めないと勝手に内側へと開くタイプなので、誰もいない時は開きっぱなし。つまり、閉まっているということは誰かが中にいるということなのだが、一番奥のドアがまさに閉まっている。

(あ、やっぱり誰かがいるんだ。誰だよ)

こんな時間に人がいてもらっては困るのだ。二十時に追い出せていないことがバレれば怒られるのは自分だ。

「すみません、誰かいますか? すみません」

そう声をかけたものの返事はない。

「すみません、誰かいますか?」

再び声をかけるが、やはり返事はない。

そうなってくると、これは天野さんがそういう性格だからというのもあるのだが、掃除道具入れから脚立を出して、上から見ることにしたのだ。

掃除道具入れをガチャッと開け、中から脚立を出して広げると、それを奥の個室のドアの前にガシャンと置いた。上ろうと足をかけた途端、

「なにやってんだよ‼」

という声が響いた。

「え！」

トイレの入り口を見ると、先輩警備員さんが再び声を出す。

「おまえ、なにやってんだよ！」

（うわ！　え！　なんで⁉　えっ？）

驚きながらも天野さんがしどろもどろに、

「いや、なんか、あの……多分、人影があったんで」

そう言うと、

「そんなことしなくていいから！　早くこっち来い！」

「いや、でも、人がいるんじゃないかなと思って」

「こっちこい！　いいからこっちこい！」

ちょっと怒られ気味に言われてしまった。

「はい」

（新人だし、しょうがない）

天野さんはそう思いながら脚立を仕舞うと、先輩の待つ廊下へと出た。もちろん腑には落ちていない。

「いいんですか、これ？　いいんですか？」

トイレを指差しながら先輩のところへ向かうと、

「いいからこっちこい。こっち」

言われるまま一緒に、詰所まで戻った。

（……これ、どういうことなんだろう）

歩きながらもやはりどうしても気になっていたし、詰所に到着し腰を下ろした時に意を決して言ってしまった。

「あの、これ、なんなんすか？」

するとその先輩は、

「ま、とりあえず、おまえの気持ちもわかるけど、まずおまえがそのトイレに行く途中の監視カメラの映像を見せてやるよ」

そう言ってモニターのひとつを指差した。天野さんが廊下を歩いてトイレへ向かう様子を収めた監視カメラの映像を、先輩は巻き戻しして用意しておいたという。

そこには、懐中電灯を持って詰所からそのトイレまで歩いている自分の背中がモニターに映っていた。

(ああ、あのトイレのある廊下だ)

トイレの前に立った自分がトイレの中に懐中電灯を向けた。その自分の目の前には、真っ黒い人が立っている。

(え?)

黒い人影、それが自分の眼の前に立っていて、しっかりとモニターに映し出されている。

(トイレに懐中電灯を向けた時、そこに見えない何かがいたから光が遮断されてしまったんだ)

だからそれで真っ暗だったのだ。身体中が震えた。

そして「自分が入んなきゃ」と吸い込まれるような感覚になったあの瞬間が映っている。

自分の腕を、その黒い人が掴んで中へと引っ張っていた。そして自分は中へ入っていく。それがはっきりと撮れているのだ。たまらなかった。


一緒に夜勤をしていた先輩警備員さんは、このビルの警備員として長いこと勤めているというので事の次第を話してくれた。あのトイレで昔、自殺した人がいるということ、それも一番奥の三番目の個室の中で亡くなっていたのが発見されたそうだ。

それ以来、こうして新人の警備員が入ってきたりすると稀にガッツリ経験してしまう人がいたりするらしい。

ただ、みんながみんな体験するかどうかはわからないので、最初から全員に「ここ出るみたいだよ」とはあえて説明はしていないという。

なので、先輩は天野さんが人影を見たから行くと言った一回目の時は、

「そんなことしなくていい」

と言ってくれたのである。

でも天野さんはガッツリ経験してしまうタイプかも、とそんな気がしていた先輩は、仮眠中にもかかわらず、天野さんが出て行ったことに気づき現場まで来てくれたのである。

あの時、先輩が止めてくれなかったらどうなっていたのだろうか。上からガッツリ覗いてしまっていたら、どうなっていたのだろうか。

「人手不足なのにさぁ、この話をすると新しい警備員はすぐに辞めてしまうんだよ。だから本当はあまり言いたくなかったんだよな」

と先輩は残念そうに話した。

もちろん、天野さんも辞めた。

そんな体験を聞かせてもらった。

触られた松江への道

島根在住のミュージシャン・えすみけんじゅさんという方がいる。

この方は高校一年生の時に人前で歌い始め、松江の駅前などでよく路上ライブをやっていたりする。

もう成人なさっているそんな彼が十九歳の頃の話。

その夜も松江駅前で、アコースティックギターを持って一人で路上ライブをやっていた。

夜の九時くらい、人が何人か行き交う中で見覚えのある顔が自分の前で足を止めた。

えすみさんが少し前に卒業した高校の、後輩の男の子だった。

ちょうど他にお客さんがいなかったので、演奏をやめると、

「おう、どうしたんだい」

足を止めてこっちを見ている後輩に声をかけた。

「お久しぶりです」

話を聞いてみると、後輩は松江駅からだいぶ距離のあるところにある実家に住んでいる高校三年生なのだが、終電を逃してしまったというのだ。

まだ夜の九時くらいなのだが、彼の実家はそんな時刻で終電なのだ。今までにもごくたまに終電を逃すことがあるが、そういう時は親に電話をして迎えにきてもらうのだけれど、車で片道三十分以上かかる。

それでどうしようかと思いながら歩いていて、歌っているえすみさんをたまたま見つけて足を止めたという。

それを聞いたえすみさんは、（仲良かった後輩だしなあ）などと思い、車で来ていたので、

「ここで三十分以上待つのもあれだから、じゃあ俺が送ってやるよ」

と提案した。

「え！　いいんですか！　ありがとうございます！」

彼はとても喜んだ。

乗せてから三十分以上、松江駅前から山をいくつか越えてその後輩を実家までちゃんと送り届けた。

そこからまた自分の住む松江方面へ帰るのだが、松江から三十分以上も離れた初めて来る町で、一人になると帰り道がわからなかった。

なのでカーナビに住所を入れて発車した。

「ああ、この道を通って帰るのか」

やはり、山をまたいくつか越えて通るルートだ。アップダウンのある山道を上ったり下がったり、カーブもいくつもあったりしながら一人での運転。

車にはカーオーディオをつけていなかったので車内は音もなく、シーンとしてる中、一人で山道を走る。

対向車も通らない山道で、いきなり首筋をツンッと何かに触られた。

「うわぁ!」

びっくりした。

自分一人しか車内にはいないので、誰かが首を触るなんてことはありえない。でもその感触というのが(女性の指……?)と、そう思った。

気のせいかなと思いたかったけれど、その指はツンッと触れたあと、さらに撫でるように首を触っている。

「うわぁ！　なにこれ！　なにこれ！」

何が起こっているのかわからないので、山道を走りながらずーっと怯えていた。

（めちゃめちゃ怖い。絶対後ろは見ないようにしよう）

視界には、車の真ん中にあるルームミラーが入ってくる。しかし、

（いや、ルームミラーは絶対見ないようにしよう）

そう思いながら、前だけを向いてずっと走り続けた。

その間、何度も首筋を撫でられる感覚があるのだ。

（自分一人しか乗ってないはずなのに、なんでこんなことになるんだろう。怖い。怖い……）

前だけを見て運転していたがつい、ルームミラーに目をやってしまった。すると、そこに映った後部座席には、青く光った二つの玉のようなものがグルグル回っていた。

（うわ！　なんだよこれ！）

首筋は今も女性の指で撫でられている。とてつもない恐怖だ。

（……なにが起きてるんだ）

そのまま町まで山を降りてきた。

その頃には、触られている感覚もなくなっていた。


それからも運転しながら色々考えていた。

（ルームミラーを見た時、後部座席に何かが乗ってる姿が見えたとかじゃなくてよかった……なら、もしかしたら首筋も勘違いかもしれない。青い玉も見間違えかもしれない。うん。うん。そうだな。うん）

などと自分を落ち着かせようとしていた。

しかし、それでもひとつ気がかりなことがあった。

首筋を触られている間、同時にずっと視線も感じていたのだ。

首筋を触られながら感じた視線は、自分の右後ろにあるシートベルトの根元のあたりからだった。

ルームミラーを見て後部座席には誰もいないと安心したい。しかし、もしかしたらあの、何かに触られていた間、自分がいる運転席の右後ろから、女性は顔を出して自分の首を触っていたのかもしれない。

ルームミラーには映ってなくても、もしかしたらあの間、女性は右後ろに座っていたのかもしれない。


めちゃくちゃ怖かったので、自宅に戻ったあと、後輩に電話をした。

「初めておまえの家まで行ったよ」

すると後輩は、

「すごい助かりました。ありがとうございました！」

お礼を言ってくれた。

「初めてあの町に行ったんだけどさ、帰り道に通ったあの山ってさ、なんかお化けとかさぁ、そういう変な噂とか、ないよね？」

そう尋ねてみると、

「あれっ。先輩知らないんですか？　あそこの山道の途中に、自殺が多発してるエリアがあるんですよ」

詳しく場所を聞くと、まさに自分が首を触られたあのあたりだった。もしかしたらあの時触っていたあの手、あの女性、何か関係あるのかもしれない。

葬儀場にただよう

よくライブを見に来てくださるＫａｔａｎさんという男性がいる。

その方の話だが、今から三十年前、中学生の時にお祖母《ばあ》ちゃんが亡くなり、お葬式をすることになった。

当時、自分のお母さんと、妹さんと、それにお母さんの兄にあたる叔父さんの四人で一緒に住んでいた。

そのＫａｔａｎさんが住んでいる地域のしきたりなのか、お葬式の最後に必ずその式場で親族がみな集まって写真を撮るのだそうだ。

お祖母さんのお葬式の時も、Ｋａｔａｎさんのお母さんがカメラを持って来ていた。三十年前だからフィルムのカメラだ。

撮影するのは最後の集合写真なのだが、何を思ったのかお母さんはお葬式の途中にもシャッターを何回も切っていた。お坊さんがお経を読んでる時や、みんなで仕出しを食べている時も、たくさん写真を撮っていた。

その様子を見ながらＫａｔａｎさんは（あー、たくさん撮っているな。写真ができたら見せてもらおう）ぐらいの感じでいた。


式が終わり、数日後。写真を現像してもらうためにフィルムカメラを写真屋に持っていった。

やがて現像とプリントができた物を受け取りにお母さんが店頭に行った時、

「あの……。写真、全部現像できていますけど、ちょっと変なのが写ってますよ」

そう言われたという。

自宅でＫａｔａｎさんも一緒に見ることになった。

最後の集合写真だけではなく途中もたくさん撮っていたので、全部合わせると四十枚以上ある。そしてそのうち二十枚くらいが、どうやら様子がおかしい。

お坊さんがお経を読んでいるその後ろに親戚たちがずらりと座り、前を向いていたり手を合わせていたりする。そのみんなと天井の間に、何かシルバーの丸っこいものが写ってる写真が何枚もあった。

それに気づいて驚いたりもしながらお母さんと見ていて、

「なんか写ってるね、シルバーの」

という話になった。

連続で撮られたであろう何枚かの同じような写真を見ていくと、そのシルバーの丸が、少しずつ移動しているように見える。さっきはここに写っていて今度は少しずれてこっちに写ってて、今度はここに写ってて、という感じだ。空中をこういう軌道で漂っていたのかな、という風に感じた。

「でもこれ、もしかしたらあれかなあ」

と、二人ともが思い当たることがあった。


あれというのは、体調がずっと悪く入院していたお祖母ちゃんの最期の時のことだ。

入院先の病院から「今日か明日です。会いに来てください」と連絡があり、お母さんと妹と叔父さんとお祖母さんの元へ行った。

日中の内は容体の変化も特になく、その日は「私たち、帰るからね」と家に帰った。

その夜、お風呂に入っている叔父さんから、

「おーい！　開けてくれー！　開けてくれー！　おーい！　おーい！」

という声が聞こえて来た。

「え、なに？」

リビングを出て、お風呂場の磨りガラスのドアの前まで行くと、中から、

「ドアが開かないんだよ」

そう言いながら、叔父さんがドアの端に手をかけて開けようとしていた。しかし、開けようとする音だけがガッガッと響き、ドアは全然動かない。

毎日入るお風呂なのだが、そのドアでこれまでにそんなことは一度も起きたことがなかったので不思議に思った。

お風呂場のドアは、横にスライドさせながら真ん中で折りたたむタイプの磨りガラスのやつ。そして鍵もついてない。なので、開かないということは考えられなかった。

だから、

「え、いやいや、開かないってことはないでしょ」

と言ったのだが、向こうからは、

「開かない！　開かない！」

と焦った声だけが響く。こちらからもドアの端に手をかけて開けようとしてみたが、どうやっても開かないのだ。

「え、開かない……」

思わず言葉が漏れた。

その後も叔父と共に向こう側とこっち側から開けようと試みる。

「なに⁉　なんで⁉　なに⁉」

まったく開かないのだ。

すると突然、同じドアとは思えないくらいの軽さで、
ガラガラガラガラー！！

勢いよくドアが開いた。

「ああ！　開いた開いた。はぁ」

叔父さんは「ああ良かった」と言いながら、普通に出てきた。

その後ドアを何度触っても普通に動くし、なんの問題もなく開け閉めできたのだ。

そんな謎の出来事が、夜の十一時過ぎくらいに起きた。そしてその後、当時中学生だったＫａｔａｎさんは布団に入ったのだが、早朝に何やらガサゴソと音がするのに気づいて起きると、お母さんや叔父さんが出かける格好になっていた。

寝ぼけてボーっとしたまま、(帰ってきたのだか今から出るのだか、わからないけどどうしたんだろう) などと思っていると、

「あんたも支度しなさい。服着なさい。お祖母ちゃん亡くなったよ」

そう言われた。

「え……お祖母ちゃん……」

どうやら、病院から連絡が来たようだ。

そして、話を聞いて驚いたのが、そのお祖母ちゃんの亡くなった時刻というのが夜の十一時過ぎらしいという。

「ドアが開く開かないの、やり取りをしていたあの時間帯じゃん……」

そんなことを思いながら支度をした。

病院に向かう道すがら、叔父さんが「起きた時、風呂場の窓が開いていた」と話していた。

この叔父さんというのが結構細かく、戸締りなども確認を必ず何度もするタイプの人。なので毎日寝る前にいつも家の玄関や窓など、全部の戸締りをして鍵がしっかり閉まっていることも確認する。

この日ももちろんそうだった。寝る前に戸締りも鍵もしっかり行い、確認もした。なのに、起きたらなぜかお風呂場の窓だけが開いていたらしいのだ。

これには猛烈な違和感を覚えた。

昨夜、ドアが開かなかったという不思議なことがあったのもお風呂場だし、窓が勝手に開いてたのもお風呂場だし、これは一体なんだろうと――。

そんな不思議なことがあった、その翌日がお葬式だったのだ。

そんなお葬式だったからか、空中にシルバーの丸が写っている写真たちをお母さんと眺めながら、二人して意見がそろった。

「あー、これはもう、うん、お祖母ちゃんだね」

「あ、そうかもね。じゃあ悪いもんじゃないね」

そんなやり取りをした。そのまま何枚も「面白いねー」「すごいね」「なんかシルバーのやつ、ほんと全部に写ってるね」などと話しながら次々と見ていた。

広間で仕出し弁当を食べている場面の写真や、最後に二十人くらいの親戚たちが二列に並んで撮った集合写真も見た。

葬儀場が用意してくれたスタンドの大きな花輪が、二十人で並ぶその両脇にひとつずつ置いてある。それを見た時に、

「うわ！」

思わず声が出たのだ。

両脇に置いてあるスタンドの花輪は、造花が輪っかの状態で並べられているのだが、この写真に写っている花輪のスタンドに輪っかの状態で並んでいたのは明らかにどれも人の顔だった。

無表情と言えばいいのかわからないが、本当に「無」ということを感じさせる、知らない人たちの顔がそこにたくさん並んでいた。

お母さんもそれに気づき、

「うわあああああ！」

声を上げた。

「なにこれ！　なんなの！」

人の顔に見えるというレベルではない。明らかに顔なのだ。

すぐにお寺に持っていこうという話になった。

持っていくと、お寺の住職さんに、

「あ、これそうですね。シルバーの丸いのは悪いものじゃなさそうなんですけども――でも正直、良くないモノもたくさん写ってますね。これとりあえず四十枚全部こちらでご供養させてもらいます」

そう言われ、お渡しすることになった。

Ｋａｔａｎさんとお母さんは、

「凄かったね……」

「まぁ、お祖母ちゃんかもねってのが写ってたのも神秘的なんだけど、葬儀場という場所柄なのか――お祖母ちゃんに限らず、何かそういったものも写り込んだり、写真ってそういうことがあるんだね」

今までにない不思議な体験をした。

その出来事があったのが三十年前。

そしてその二十年後、つまり今から十年くらい前に、たまたまその話にお母さんとなった。

「あん時のあの写真、凄かったね」

そう話すとお母さんが、

「あんたの中では、花輪の花が人の顔に見えるのが怖いってなって、すぐお寺へ持っていったってだけの話でしょう。でもね、あんたは怖がってその他の数枚をじっくり見てないと思うけど、広間でみんなでご飯を食べてる写真もあったでしょ、あの写真もね、食べてるみんなの中に首から上だけの知らない男が普通に一緒に写ってたのよ」

歳月を経て、再び鳥肌が立った。

だよねぇ

僕（ぁみ）は福祉の専門学校を出ているので、現在、その当時の同級生がたくさん福祉施設や老人介護施設なんかで働いている。

そういう所で働いていると、毎日毎日一緒にいるので、時には業務を越えて仲良くなるお爺ちゃんやお婆ちゃんも結構いるのだ。

人によっては、自分のお爺ちゃんお婆ちゃんほどに慕っていたり、大好きになったり、深い関係になることが結構あるのだ。

僕の同級生のとある女性も、勤務先の介護施設でそんな感じになったことがあったという。

自分が受け持つフロアで担当した、とても社交性のあるお爺ちゃん。仮に鈴木さんとするが、毎日関わっていく中で鈴木さんもすごく彼女に良くしてくれるし、気がつくと彼女も鈴木さんを慕っていた。

たまにご家族が施設に会いに来られるが、それ以外の時、鈴木さんは部屋で一人で過ごしたり、共有のリビングスペースに出てきたりという感じだった。ヨロヨロよろけながらも杖をついて一生懸命歩く。すごく明るい人なので、彼女にもたくさん話しかけてくれるのだが、この話が面白いのだ。すると彼女も楽しくて色々と話す。そんな日々を過ごしていると、とても仲良くなっていった。

彼女はイラストを描くのも得意だったので、施設内でのスケッチの時間に鈴木さんの似顔絵を描いて渡してみた。すると、ご家族にわざわざ写真立てを買ってきてもらってその似顔絵を入れて枕元に飾ってくれたという。

そんな関係が何年も続いたが、残念ながら別れの時が来てしまった。ある日、倒れて病院に運ばれてそのまま――という報告を受けた。

目の前で見たわけではないが、報告を受けた時は、結構ショックだった。

彼女はその日、夜勤のシフトに入っていた。

施設の入居者たちが寝静まってから館内を巡回、見回りするのだ。

この女性というのが実は、これまでにも不思議な体験を何度もしたり、不可思議なものを何度も見たことがあるという人だった。

だから、施設の中もそうなのだが、日常生活で歩いている道や、たまたま行った建物などいろんなところで黒い塊を見たり、「あれ、さっきあそこに人がいたのにいない」みたいなことが日常でもたまにあるのだった。

なので（……夜勤、ほんとやだなあ）と思うのだ。

たしかに昼の施設でも見ることはある。例えば廊下の隅とかに（あれっ？　なんか白い感じあるなあ）とか（あれ？　あそこにあんな塊あったっけ……）という感じなのだけど、暗い中だと、それがさらに際立って見えるそうだ。

（夜勤、やだなあ）

そんなことを考えながら、この夜も巡回をしていると、廊下の突き当たりに物凄く際立った、人のような形をした何かが立っているのだ。

（うわぁ……）

ここの施設でも、何度かそれっぽいものは見たことがあったが、ここまではっきり人っぽい姿形のものは経験がない。

（うわ、どうしよ、あっち行きたくないな……）

そう思っていると、廊下の向こうの方にいた〝それ〟は、なんだかこちらにちょっとずつ近づいてきているのがわかった。

（え、やだやだやだ、やだやだやだ、逃げよう）

逃げようと思っていたが、ビビりながらも気がついた。その姿形、鈴木さんなのだ。

（あ！　鈴木さん！）

声をかけそうになった。だがしかし、

（いやダメだよ、亡くなってるんだもん）

そうなのだ。鈴木さんは亡くなっているのだ。

（ダメだよ。ダメ。見えた！　会えた！　じゃない！　これはダメなことなんだよ）

考えないようにしたいのだが、でも向こうの方からちょっとずつ、近づいて来ているのがわかる。

（ダメだって！）

彼女はクルッと背を向けてその場から逃げようと思った。逃げようと思うのだが、でもどうしても色々思い出してしまう。鈴木さんとのいい思い出が頭を巡り、動けないでいた。

その間も向こうからは、ちょっとずつちょっとずつ近づいてきている。

(うわぁ、どうしよ。どうしよ)

意を決して背中を向けたものの、

(もう一回、向こう向きたい！　向きたい！)

そう思ってしまい、もう一度前を向くことにした。

すると身体を反転させようとした最中に、ゴンっと肩に何かが当たった。

(え？　なに⁉)

そう思い顔を向けると、自分の肩が当たった先に鈴木さんが立っているのだ。

ばっちり目が合っている。

(え！)

驚いていると、鈴木さんはこっちを見ながら彼女の両肩をぐっと抱えてきて、

「だよねえ！　だよねえ！　ねえねえ！　だよねえ！　だよねえ！」

ずっと言っている。

「ねえねえ！　だよねえ！　だよねえ！」

彼女は正気でいられなくなり、倒れてしまった。意識が飛んでしまったのだ。

その後、運ばれた先で目を覚ましてその話を同僚にした。

（絶対、悪気はないよな鈴木さん。仲良かったから会いに来てくれたのかもしれない）

そうは思うのだが、あまりに怖くてビックリしすぎて、良い思い出にできなかった。

その気持ちが鈴木さんに伝わったのか伝わっていないのかはわからないが、その日以降鈴木さんが現れることはなかった。

「あの時はびっくりして自分の中で怖い思い出みたいになっていたけど、数年たって今思うのはさ、いやもちろん、あんなのはびっくりするけど、でも、鈴木さんと最後に喋るチャンスだったのになーとは思うんだよね」

彼女は少し寂しそうに話し終えた。

憑かれて同じように

僕は地元が山口県なのだが、実家の近くにとある大学がある。

僕が十九から二十歳の時にやっていたアルバイト先が大学から近かったこともあり、アルバイト仲間には大学に通いながら一人暮らしをしている人たちが何人もいた。

それが縁で、アルバイト仲間以外でもそこの大学生と何人も知り合いになった。

そんな時に知り合ったとある大学生の女性の話。


その日、彼女は学校を終えると仲良しの女友達と二人で歩いて帰っていた。

自分も一人暮らしなのだが、その友達も一人暮らしでお互いに家が近い。よく一緒に帰っていたのだ。

いつもの帰り道の途中で、道端でうずくまっている男性がいるのに気がついた。

その男性は、小汚い格好していて頬もげっそりとしている。顔色も悪いので、

「……大丈夫ですか？」

思わず近寄って声をかけた。

（なにがあったのかわからないけど、大丈夫ですか？）という思いを込めて言ったのだが、それとは真逆に一緒に歩いていた女の子は平然とした態度で、

「あんた、なにやってんの？」

と言うのだ。

「いや、ちょ、このひと大丈夫かなって思って」

そう聞くと友達は、

「ん？　さっきからあんた、壁に向かってなに言ってんの？」

と言う。驚いた。異様な姿だから関わりたくないのはわかるが、こんな明らかに調子が悪そうな人を目の前にして壁扱い。こちらからしたら（そっちがなに言ってんの）ぐらいに思い、友達を無視して、

「いや、ちょっと大丈夫ですか？　大丈夫ですか？」

気にせず再び声をかけた。

するとその男性は、俯いたまま、

「あぁ、あぁ、あぁ……」

ずっと言っている。

一緒にいた友達が、

「あんた！　ちょっともう行くよ！」

無理やり腕を引っ張られ引き剥がされた。

無理もない。関わりたくない人はそうだろう。

「いや、あの、大丈夫かな大丈夫かな」

そう言いながら腕を引っ張られ歩いていると、

「あの、わかんないけど、あんたがなんなのかわかんないけど、あんたずっと壁に向かって独り言を言ってるだけだから」

そう言われた。

「えっ……」

すぐに理解ができず、

「そうなの？」

「そうだよ！　なに？　気味が悪い！」

「いたじゃん！　頬がげっそりして顔色悪い人がうずくまっていたじゃん」

「いなかったよ！　誰も！　なにそれ」

その場を後にすることにした。

どうやら女友達には見えてなかったと言うのだ。言い争うのも嫌で深くは話さなかった。そして、それが本当なのかどうなのか確認することはなかった。


その後日、またその道を通ると、いたのだ。あの男性が。

しかし今日は自分一人で帰宅していたので、友達に止められることもなく、近づいて行くと、男性は同じ場所に同じようにうずくまり、同じ感じで、

「あぁ、あぁ」

と言っている。

友達に言われたこともあり、声をかけようか迷ったのだが、なんだか気持ち悪く感じ、声をかけないことにした。

しかしやはり心配ではあったので、声はかけずとも、通りすがりに心の中で、

（なにがあったのかわからないですけどいいことあるといいですね）

みたいなことを思いながら、その人のところで会釈して去った。

男は変わらず、

「あぁ、あぁ」

と言っていた。


一人暮らしをしている大学近くのアパートは、玄関を入ると小さなキッチンのスペースがあり、その奥の部屋との境目にはガラス戸がある。

障子のようなデザインで縦と横に交差して枠が入っているガラス戸だ。それをガラガラと開けると奥には畳部屋がある。そこにいつも布団を敷いて寝ている。

その日の夜に、

〈ピンポーン〉

チャイムが鳴った。夜に来客なんてまったくないので珍しく思いながら、ガラス戸を開けてキッチンを通過して玄関まで行った。一応女性なので、ドアを開けるよりも先に覗き穴で（誰かな……？）とドアの外を見た。

誰もいない。

「……あれ？」

〈布団から起き上がりガラス戸を開けて玄関まで来た、この数秒が待ちきれずに去ってしまったのだろうか〉

そうは思いながらも〈まぁ、いいや〉と思い、奥の部屋へ戻ると、

〈ピンポーン〉

またチャイムが鳴ったのだ。

〈あ、やっぱり誰か来てる〉

もう一度玄関まで行き、覗き穴を覗くがやはり誰もいない。

〈あれ……なんでだろう。もう、いいや〉

ガラス戸をガラガラと閉めて、電気を消して布団に入った。

寝ようと目をつぶると、キッチンの方で何やら音がする。

……ミシッ……ミシッ……

足音だ。

（いやいやいや、そんなことあるわけない。おかしい！）

ドアはおろか、玄関の鍵は開けていないし、女性の一人暮らしなので内鍵のチェーンもいつも必ず閉めているのだ。誰かが入ってくるなんてことはありえない。


……ミシッ……ミシッ……


再び音がする。

（人の歩く音に聞こえるけど、そんなはずないよね……人がいるはずない）

そう思いたいのだが、その音に混ざって、置いてあるテーブルとかタンスに当たったようなガッという音やガガっという音がする。いわゆる、人が歩いた時にありそうなちょっとした音がするのだ。ガラス戸の向こうで――。

布団の中で強張《こわば》ったまま目をやったが、ガラス戸越しに見つめても向こうに誰かがいるようなシルエットは見えない。

でも音は聞こえている。

（うわ、めっちゃ怖い……）

こんな体験、今までしたことがない。

ガ、ガガッ、ガ、ミシッ……ミシッ……

ミシッ……ミシッ……


聞こえていた音が止んだ。

（音が……止んだ）

そう思った時に気がついた。ガラス戸がちょっと開いてるのだ。

そして、そのちょっとだけ開いたガラス戸の隙間から、あの道端で声をかけた、うずくまっていた男がこっちを覗いている。

（うわあああああ！）

心の中では悲鳴を上げていたのだが、初めての体験にとてつもない恐怖を感じつつ、心の中の叫び声がまったく口からは出なかった。

それでも心の中では恐怖で（うわあああああ！）となっているのでうまく声が出

せない。その口は無言でただだだアウアウアウ……となってしまっていた。

それを隙間から男がずっと見ている。

怖くてうまく声も出せなくて、

「ア、アァァァ……」

そうなっている自分を、男が隙間からずっと見ているのだ。

逃げたいのだが、玄関は男がいるその向こうなのだ。逃げられない、どうしよう、どうしよう。

「ア、アアアア……」

追い詰められてとった行動は、もう、布団を被ることしかできなかった。

ガタガタとした震えも止まらない。

（一回落ち着け、ワタシ。一回落ち着け。そんなはずない。そんなはずはないんだよ。鍵も閉めてるし、内側のチェーンも閉めてるし、入ってくるはずないんだよ。そんなはずないんだよ。気のせいだ！　そう、気のせいだ！）

布団をチラッとめくりガラス戸の隙間に目をやると、男がこちらを見ていた。

（うわあああああああ！）

布団を被った。そして、自分を落ち着かせようと必死になった。気を持ち直して布団から顔を出して見ると、まだ男はいるのだ。

(うわあああああ！)

気がつくと、そんなことを朝まで何度も繰り返しているうちに、男は急にいなくなっていた。

そこには、少し開いた隙間だけが残っていた。

(……いなくなった)


隙間から覗いていたのは、明らかに道で声をかけた、あのうずくまっていた男だった。何よりの違和感は、男はガラス戸の向こうにいたはずなのに、そのシルエットがガラスにはまったく透けて見えなかった。

「これ、どうしたらいい？」

翌日、友達に相談すると、

「いやそれ、連れて帰っちゃったんじゃないの？」

そんな風に、面白半分で言っていたのだが、やがて、

「お祓いしてもらいに行こうよ」

そんな話になった。

友達は、あちこちに聞いた中で、勧めてもらったというお寺に連れて行ってくれた。

そこでお祓いをしてもらい、御札をいただいた。

「これをちゃんと家に貼っておきなさい」

そう言われ、貰って家に帰ってきた。


だがこれは、本人にしかわからない気持ちなのかもしれないのだが、彼女に一抹の躊躇が芽生えた。

（これを貼ったら、あの男の人を追い出せる）

わかっているのだが、そう思えば思うほど、なぜか家の壁に貼りたくないのだ。

（あ、これ貼っちゃうと――）

なぜか、そう思ってしまう。

もちろん、貼るために貰った御札だ。

「貼っておきなさい」と言われた。なのに――。

（これ貼っちゃうとな、あの男の人、うちに来れなくなるもんな）

と思ってしまうのだ。

結局、貼らなかった。


その日の夜、怖かったので奥の部屋の布団を頭から被ったまま、一睡もしなかった。

夜中に、はっきりと耳に聞こえたのは、ガラス戸が〈スーッ〉と開く音だった。

怖いからそちらを見ることなく、ひたすら布団の中で震えたまま朝を迎えた。

その次の日の夜中も〈スーッ〉と。

次の日も夜中に〈スーッ〉と。

朝になりガラス戸を見ると、必ずちょっとだけ開いている。

そんな夜が続き、寝不足と恐怖のストレスから流石に顔に出てしまっていたのか、友達が心配して、

「あんた、最近様子がおかしいよ?」

顔を覗き込んで言った。

自分ではその家を出ようとは思わなかったのだが、友達が、

「ウチに泊まりにおいで」

と心配して言ってくれたので、その夜は泊まりに行くことにした。

二人で布団を並べて寝ながら、たわいもない会話をしていたが、ふと、友達が話し出した。

「なんであんたお祓いやってもらったのに、そんな顔つきになってるのよ。もらった御札は貼ったんでしょ？」

どうやら顔が、相当酷いようだ。

「……貼ってない」

「貼ってない⁉　なんでよ！」

友人が飛び起きて声を上げた。

「あんたねえ！　ちゃんと貼りなよ！」

なんだか貼りたくないという気持ちのことや、結局貼らなかったこと、あの男性が毎夜、覗いていることなどを話したが、怒られた。それはそうだ。

御札を貼ることを説得されて、

「そうだね、わかった」

と返事すると、

「じゃあ私、今日あんたの家に行くから！　もう、アタシが貼ってあげるわ！」

翌日、友達と一緒に自分の家に戻った。

タンスの中にしまっておいた御札を出して驚いた。御札が真っ黒に変色していたのだ。

「えっ、えっ、えっ、ちょっと待って。なにこれ！」

真っ黒の御札を見ながら、友達は唖然としていた。

「……これちょっとマズイんじゃない」

結局、友達にも説得されて、アパートを引っ越すことにした。

新しい部屋になってからは、その男性の姿は見ていない。

「道端でうずくまってるところに声をかけてしまったから、その男性の何かがついてきてしまったのかなと思ったんです。なので、それ以来、大丈夫かなって人を見ても声をかけないようにしてるんですよ」

そんな話を聞かせてもらった。

彼女から聞いた話はこれで終わりなのだが――。

この話の中に出てきた「御札、ちゃんと貼りなよ！」って言ってくれた、彼女の友達

も僕は知り合いなのだが、その子が、

「ほんとやばいと思ったんです、私……」

と話してくれた機会があった。


「あの子がね、道の途中で急に壁に向かって話しかけ始めた時から、アパートを引っ越すまでって数日のことなんです。私たちは同じ授業受けてたのでいつも一緒に帰ってたんですが、その数日間、あの子、明らかに様子がおかしかったんですよ」

彼女から見ていた様子を詳しく聞くと、例えば学校帰りに二人でコンビニに寄ったとしても、

「あ、じゃあこれとこれとこれを買って、そっかお茶も二本買ってこう」

「えーと、あ、これ食べたいな、これも買っとこう」

というように、手に取る食品の量が明らかに増えたのだという。

「それ、一人暮らしの女の子が一人で食べきれる量？」

そう言ってもまったく聞こえていないようで、大量の食品を嬉しそうに買って帰るようになったのだ。

「あんた大丈夫なの？」

毎日、顔を合わすたびに心配して声をかけるけれど、本人は言う。

「大丈夫。ちゃんと布団被って寝てる」

でもその時には、御札を貼っていなかったことはまったく教えてくれなかった。

だけど日に日に顔色も悪くなるしゲッソリしていくし、その様子を見ていてふと思ったことがあった。

道の途中で男性を見たと言い出したあの日から、その男性のことをよく話してくれていた。顔つきや雰囲気や服装など。だからこそわかる。

日に日に、どんどん顔色も悪くなり、ゲッソリしていき、その様子を見てふと思ったのは、この子自身が、まるでこの子の言っていた、道端にうずくまっていた男性のようになっていっている。

さすがにまずいのではないかと深刻に思い、

「うちに泊まりなよ」

と提案したのだ。

そしてその夜、御札を貼っていないという事実を初めて聞いたのだ。

「御札を貼ってないって聞いて、じゃ私が貼ってあげるって家に行ったら、御札が真っ黒になってて、これはもうだめだと引っ越したけど――思うんですよ。多分ですけど、あのままあの子があそこに住んでいたら、もしかしたらその男性みたいになっていたのかなって」

彼女はそう話してくれた。

現代怪談 地獄めぐり 無間

2019年10月5日　初版第1刷発行

著者　深津さくら、いたこ28号、伊計 翼、響 洋平、ありがとう・ぁみ

企画・編集　中西如（Studio DARA）

発行人　後藤明信

発行所　株式会社 竹書房

〒102-0072 東京都千代田区飯田橋2-7-3
電話03（3264）1576（代表）
電話03（3234）6208（編集）
http://www.takeshobo.co.jp

印刷所　中央精版印刷株式会社

定価はカバーに表示しています。
落丁・乱丁本の場合は竹書房までお問い合わせください。

ISBN978-4-8019-2015-6 C0193